大正幽霊アパート鳳銘館（ほうめいかん）の新米管理人2

竹村優希

角川文庫
22917

Contents

Characters

鳳　爽良

23歳。強い霊感を持つが、
そのことを誰にも言えず生き辛さを感じてきた。
疎遠になっていた祖父・庄之助から突如「鳳銘館」を託され、
オーナー兼管理人を務めることに。

上原礼央

爽良とともに鳳銘館に引っ越してきた、
2つ年上の幼馴染にして唯一の友人。
美形だが無口で、何事にも無関心そうに見えるが……。
業界トップレベルのフリーエンジニア。

御堂　吏

鳳銘館の住人兼管理人代理を務める30歳前後の男性。
軽くて適当そうな口調だが、妙に人懐っこい一面も。
実家は寺で、霊を祓うことができるらしい。

鳳銘館

代官山の閑静な住宅街にある美しい煉瓦造りの洋館。
大正時代に建てられた華族の邸館をアパートに改装したものだが、
今も建築当時の雰囲気が保たれている。
入居するには特殊な条件があり、半数ほどしか部屋は埋まっていない。

梅雨真っ只中（ただなか）の七月初め。

珍しく晴れ間が出た瞬間を見計らい、鳳爽良（おおとりそら）は、鳳銘館（ほうめいかん）の庭でホワイトスイスシェパードのロンディと遊んでいた。

気温は二十六度とこの時期にしては低い方だが、一面に芝が敷かれた地面からムワッと立ち込める湿気のせいで、体感温度はかなり高い。

ただ、爽良が投げたボールを嬉（うれ）しそうに取りに行くロンディの無邪気な姿が可愛く、気温の不快感なんてたいした問題ではなかった。

「ロンディ！　おいで！」

名を呼ぶと、ロンディは耳をぴんと立て、真っ白の毛を揺らしながら駆け寄り、爽良に飛びかかってくる。

爽良は泥だらけになってしまったTシャツを気にも留めず、ベンチに座ってロンディの首元を撫（な）でた。

「ちょっと休憩ね」

ふと空を見上げれば、さっきまで晴れていたはずなのに、雲が今にも太陽を覆おうとしていて、思わず溜（た）め息が零（こぼ）れる。

今年の梅雨は例年よりも降水量が少ないという話だが、小雨がだらだらと降り続いていて、やたらと長く感じられた。

ロンディの世話に庭仕事にと、天気を気にするような生活スタイルに変わったことも、余計にそう感じる原因かもしれない。

思えば、鳳銘館のオーナー兼管理人となってはや一ヶ月。

振り返ってみると、鳳銘館を継いだことは、爽良のこれまでの人生の中でもっとも大きな決断だった。

というのも、爽良はそのときまで、とにかく波風を立てず、ただ平穏な日々を送ることだけを望んで生きてきた。

退屈でもよいから、できるだけ凡庸で平坦な人生を送りたいと。

なぜなら、爽良には、物心ついた頃から人には視えないものが視えた。

それは、多くの人がその存在を否定する、世間で霊と呼ばれる存在。

しかし、爽良にははっきりと視えていたし、目が合ったが最後、しつこく付き纏われることもあった。

そんな爽良は周囲から見れば明らかに挙動不審で、子供の頃から酷く浮いていたし、両親を悩ませる原因にもなった。

だから、できるだけ目立たないよう、たとえ視えても反応しないように気を付けながら、必死に隠して生きてきた。

親や周囲に迷惑をかけず、人と同じ価値観を持って生きることを心から望んでいたし、その為なら自分を偽っても構わないと思っていた。

しかし、そうやって強引に敷いた平坦な道は、進めば進む程、酷く疲れた。

あるものを無いとして生きることは、孤独で、ただただ窮屈だった。

そんな爽良がふと立ち止まるきっかけとなったのは、はるか昔に疎遠となった祖父、庄之助（しょうのすけ）からの遺言。

それは、代官山（だいかんやま）にある古いアパート「鳳銘館」を相続してほしいという荒唐無稽（こうとうむけい）な内容だった。

けれど、今になって思えば、爽良のつま先が初めて別の方向を向いたのは、その瞬間だったように思う。

そして、一歩足を踏み出すと同時に、なにもかもが大きく変わった。

なにより驚いたのは、庄之助をはじめ、自分以外にも霊が視える人間が存在することを知った瞬間。

必死に隠して生きてきた爽良にとって、それ以上の衝撃はなかった。

やがて、爽良は鳳銘館の相続を了承し、これまでひたすら存在を見て見ぬふりし続けてきた霊と向き合うことを決める。

そうやって心も環境も大きな変化を遂げたとき、ふと振り返れば、これまで歩いていた平坦な道が、ずいぶん殺伐としたものに見えた。

多くの人が当たり前に通る道だとしても、自分にとっては過酷な道だったのだと、今ははっきりとわかる。

少々険しくとも、先が見えなくとも、自然とつま先が向く道こそ自分の居場所なのだと。

そういうわけで、ようやく自分の道を歩みはじめた爽良だったけれど、一方、気になることも数多くあった。

庄之助の手紙に遺されていた「大切なものを見つけてほしい」という要望や、いまだ会えていない住人たちのこと、一緒に鳳銘館の管理をしてくれている御堂のことだって、まだまだ謎が多い。

言い出したらキリがないが、そんな中、ここ最近の爽良がもっとも不安に感じているのは、御堂の妹のこと。

名を依といい、御堂いわく〝異常者〟らしい。

そんな依は、占い師を生業としている。決まった店を持たず、広告も打たず、メディアをはじめ表には一切出ないが、驚異的な的中率を誇り、噂が噂を呼んで有名になった、実力派の占い師なのだという。

ただ、それはあくまで表の顔。

御堂によれば、裏では怪しい霊感商法に手を染めているという話だった。

その話を聞いたのは、つい一週間前のこと。

『――今後、もし依が鳳銘館を訪ねてきたら、絶対に中には入れないで』

その日、霊を封印していた藁人形が依によって盗まれたことが判明し、御堂が爽良にそう忠告した。

いつも飄々としている御堂のただならぬ雰囲気に、爽良はたちまち不穏な予感を覚えた。

聞けば、依は恨みを残して彷徨う念や魂を収集し、自らの裏の稼業に利用している可能性が高いらしい。

霊が集まりやすい鳳銘館は、依にとって格好の狩場なのだそうだ。

聞けば聞く程、あまりに非現実的な内容だったけれど、他でもない御堂の、――寺の生まれであり霊に関する造詣が深い御堂の妹の話となると、すんなり納得できてしまう自分がいた。

それに、爽良はほんの短い時間だが、実際に依と遭遇している。

一見、明るく可愛らしい女性だったけれど、今思えばどこか普通でない雰囲気が漂っていた。

そして、御堂から聞いた話の中でもっとも驚いたのは、依はずいぶん前に御堂家から勘当されているという事実。

裏稼業の話が本当ならそれも納得だが、両親が実の娘と縁を切るなんて、よほどの事態だ。

その事実が、依がいかに危険な人物であるかという説得力をさらに上げた。

ひとたび考えはじめると、とめどなく不安が込み上げてくるが、爽良が出した結論は、ともかく関わらないということ。

関われば確実にトラブルが起こり、しかも、それは絶対に自分の手には負えない事態になるという妙な確信があった。

「……でも、前だって勝手に入って来ちゃってたしね」

つい呟くと、ロンディがこてんと首をかしげる。

その仕草が可愛くて、爽良は思わず両手で首元を撫でた。――そのとき。

「あれ……？　こんなの付いてた？」

指先にふと冷たいものが触れ、爽良は、首輪に付けられた小さなチャームの存在に気付いた。

大きさは二センチ程で、小さい割に重みがある。かなり古いものなのか、表面はすっかりくすんでしまっていた。

爽良はそれを指先で弄びながら、ふと、その形に既視感を覚えた。

尖ったくちばしと、大きく広げた羽、そしてふたつに割れた尾羽。

「ツバメ……？」

それはまさに、ツバメを連想させるシルエットだった。

おそらく、御堂か庄之助が付けたのだろうが、二人の趣味にしてはずいぶん可愛らしく、爽良は思わず笑い声を零す。

すると、ロンディが誇らしげに尻尾を振った。

「うん。よく似合ってるよ」

手を離すと、ツバメのチャームが金具に触れ小気味良い音を鳴らす。ロンディはその音に反応するかのように、その場でくるりと回ってみせた。

どうやら、動きたくてうずうずしているらしい。

爽良はボールを手にふたたび立ち上がった。

「休憩終わり。遊ぼうか」

そう言うと、ロンディは爽良から離れ、ボールが投げられるのを嬉しそうに待ち構える。

ただ、空は、今にも降り出しそうな分厚い雲に覆われていた。

第一章

談話室のソファは、眠気を誘う。

背もたれも座面も大きく、程良い弾力性があり、体を預けた瞬間に重力を忘れる程の心地よさに包まれる。

御堂いわく、かつて鳳銘館に住んでいた華族が残していった、イギリス製の高級品らしい。

日本の一般的なリビングに置くにはあまりに大きくデザインの主張も強いが、鳳銘館の談話室では決して浮くことなく雰囲気に調和している。

ここ最近というもの、仕事がひと段落した昼前にこのソファで休憩するのが、爽良の習慣になりつつあった。

というのも、梅雨入りして以来、庭木の水やりという仕事はなくなったが、そのぶん空き部屋のカビ対策という大変な仕事が増えた。

木造の鳳銘館は通気こそ良いが、なにせ建物自体が古く、腐食や虫被害を予防するため、とくに湿度の高い時期は小まめな手入れが必要らしい。

換気に掃除にと一つ一つはたいした作業ではないが、鳳銘館にはとにかく空き部屋が多く、基本的にはすべてが手作業となる。だから、ひと通り終えると、爽良はいつもぐったりしていた。

そんなある日。

爽良がいつも通り談話室のソファで微睡んでいると、ふいに、空気が不自然に冷えていく奇妙な感覚を覚えた。

薄っすらと瞼を開けて周囲を確認してみたものの、とくに異変はない。

しかし、体はみるみる冷えて指先の感覚がなくなり、いくらなんでもおかしいと、爽良が体を起こそうとした、そのとき。

体はビクともせず、眠気が一気に消し飛んだ。

これは金縛りだと、すぐに察した。

曖昧だった思考が覚醒し、恐怖と不安が心の中に広がっていく。

声は出ず、唯一動く目で辺りを確認すると、視界に映る談話室の風景は心なしかグレーがかって見えた。

これは、近くになにかがいるときの特徴。

そう認識すると同時に、背筋がゾクリと冷えた。

鳳銘館に霊の気配が多いことはもちろん承知の上だけれど、だからといって、平気なわけではない。

危険な霊は御堂によって祓われているという話だが、大人しくしている霊が急に豹変することだって珍しくないと聞いている。

そもそも、危険がなければ怖くないという問題ではなかった。

考えている間にも空気はさらに冷え、鼓動はどんどん速くなっていく。そして、そのとき。

突如、爽良の背後から、青白い腕がスッと伸びてきた。

突然のことに、心臓がドクンと跳ねる。

その腕はまるで手探りするかのように動きながら、爽良の肩、腕と順番に触れ、やがて腰のあたりでぴたりと止まった。

もはや緊張と恐怖でパニック寸前だったけれど、爽良はふと、その手の小ささに違和感を覚える。

——子供……？

それは、明らかに子供のものだった。

一瞬、爽良に懐いている少女の霊、紗枝が現れたのかとも考えたけれど、その手は紗枝よりもさらに小さく、そもそも漂う気配が違っている。おそらく、十歳にも満たないくらいの、幼い子供の霊なのだろう。

そう思うと、恐怖心がかすかに和らいだ。

というのも、霊と向き合うキッカケとなった紗枝の一件以来、爽良には霊に対し、

——とくに子供の霊に対して、強い同情心が生まれていた。

ただ、体が動かず声も出ない今の爽良には、いくら同情したところでしてあげられることはない。

爽良は黙って子供の動きを観察する。

すると、その手は突如爽良のズボンのポケットにスルリと入り、中でなにかを摑み取ったかと思うと、たちまち霧のように姿を消してしまった。

冷えきっていた空気が緩み、談話室には元通りの蒸し暑さが戻る。

「消えた……」

爽良は声が出ることを確かめるかのように、ひとり言を零した。どうやら金縛りは解けているようだが、まだ動揺が残っていて、なかなか身動きが取れない。

爽良はしばらくソファに体を預けたまま呆然としていた。

しかし、ふいに、ポケットの中からなにかを持って行かれてしまったことを思い出す。

慌ててポケットに手を突っ込んでみたものの、指先にはなにも触れなかった。

「大変……」

心にみるみる焦りが広がっていく。

なぜなら、爽良が持ち歩いていたのは、紗枝からの預かり物である星形の髪留めだった。

ついこの間、紗枝は爽良との別れ際にそれを残して行った。

それは、キラキラと光るビーズの星が付いた、とても可愛らしいものだ。おそらく、紗枝が気に入っていたものなのだろう。

そんな大切なものを残して行った理由を、爽良は、また会いに来るという紗枝からのメッセージではないかと解釈していた。

だから、次に会ったときには必ず返そうと思い、常に持ち歩くようにしていた。――なのに。

「返してもらわないと……」

まさかの出来事に、爽良は慌てて立ち上がって談話室を見回す。

しかし、子供の気配はすっかり消えてしまっていた。

とはいえ諦めるわけにはいかず、爽良はカーテンの陰やカウンターの裏やテーブルの下まで、床に這いつくばって子供の気配を捜す。

「どこに行ったの……？　お願い、出てきて……！」

一向に返事のない訴えが、誰もいない談話室に虚しく響いた。

そんなとき、突如出入口の方から人の気配を感じ、顔を上げると、不思議そうに首をかしげる御堂と目が合う。

爽良はがっくりと項垂れ、ぺたんと床に座った。

「その反応はあんまりじゃない？」

御堂は苦笑いを浮かべ、なかなか立ち上がろうとしない爽良の前に膝をつく。

爽良は慌てて首を横に振った。

「ち、違うんです、すみません……」

「っていうか、ずいぶん顔色が悪いけど」

「それが……、たった今、困ったことが……」

「うん？」

「子供の霊が出てきて、大切なものを持っていかれてしまっ……」

思わず口を噤んだのは、長い年月、視えることを隠して生きてきた爽良の癖だ。

いまだ、隠す必要がないこの環境に慣れない自分がいる。

しかし、御堂は平然と頷いた。

「ああ、それ多分悠真だよ」

「悠真……？」

「そう。前から鳳銘館にいる男の子の霊。ちなみに爽良ちゃんが盗られたものって、どんなの？」

「えっと、……子供用の髪留めです」

「それ、キラキラ光るものだったりしない？　たとえばガラスとか、スパンコールが付いていたり」

「は、はい……。確かに、ビーズの星が付いてましたけど……」

質問の意図がよくわからず、爽良は首をかしげる。

一方、御堂はやはりと言わんばかりに溜め息をついた。

「だったら間違いないよ。悠真は生前にキラキラしたものを集めてたから。よっぽど好きだったのか、亡くなった今でも、見つけるとたまに持って行っちゃうんだよ。まぁそうは言ってもどれもたいして価値のあるものじゃないから、あまり気にしたことはなかったけど」

自分で話を振ったとはいえ、まるで世間話でもしているかのような温度感で霊のことを語られると、少し戸惑ってしまう。

つい黙ってしまった爽良の顔を、御堂が心配そうに覗き込んだ。

「……そういえば、さっき大切なものって言ってたよね」

「あ……、はい。その髪留めは、紗枝ちゃんから預かっていたものなので……」

「霊から預かったモノを霊に盗られたの？……なんか、漫談みたいな話」

「…………」

「いや、ごめん。……でも困ったな、悠真がどこに隠してるかなんてわかんないしなぁ。むしろ、捜そうと思ったこともないし」

確かに、悩ましい話だった。

ただ、御堂の話を聞きながら、爽良には紗枝の髪留めを持っていかれてしまったことと同じくらい、心に引っかかることがあった。

「あの……、ちなみに、悠真くんって……？」

それは、御堂が知り合いのように語る悠真の存在。

子供の姿で彷徨っているということは、当然、悠真が幼くして亡くなったことを意味する。

おそらく、なんらかの強い思い残しがあって、浮かばれないまま留まってしまっているのだろう。

すると、御堂は過去に思いを馳せるように遠い目をした。

「悠真は、前に三〇四号室に住んでた七歳の男の子だよ。先天性の心臓病を患っていて、ほとんどの運動を制限されていたからほとんど部屋に籠りっきりだったたし、あまり顔を見る機会はなかったけど、庄之助さんはよく話し相手になってたな。ビー玉やら貝殻やら、綺麗なものを見つけてはプレゼントしてたよ」

「そうだったんですか……」

爽良は病気のことに関してあまり詳しくないけれど、心臓になんらかの問題を抱えて生まれてくる子供が想像以上に多いという話を、過去に聞いたことがあった。

その症状は様々だが、日常生活に大きな影響がない比較的軽いケースもあれば、生まれてすぐに手術が必要なケースもあるという。

多くの場合、状態が安定していれば常時入院の必要はないらしい。

とはいえ、常に発作が起こる可能性を秘めているぶん、本人はもちろん周囲にとっても不安が付きまとう大変な病気だ。

「悠真はとにかく体が弱くて、なかなか手術の条件に満たなくて。しかも、ここに越してくる前に母親が病気で亡くなったらしくて、気力もすっかり落ちてたみたい。……結局、五年前に心不全でね」

「そんなことが……。お母さんまで亡くして、悠真くん、まだ小さいのに辛い思いをしたんですね……」

「本当に可哀想だよね。一方、今は鳳銘館の中をバタバタ走り回って、キラキラしたものを集めて、変な言い方だけど楽しんでるようにも見える。……なんだか、複雑だよね。そりゃ、浮かばれるに越したことはないんだけど」

言い方は軽いが、御堂の目には同情が揺れているように見えた。

普段は霊に対してドライだが、幼い悠真のことはさすがに心が痛むのだろう。

「とにかく、今のところは無害な霊だし、気が済んだら浮かばれるんじゃないかなって思って放置してる。……盗られたものは、爽良ちゃんなら頼めば返してくれるんじゃない？」

「頼めば、って……」

「君、会話できるじゃん。紗枝ちゃんにするように話してみれば？」

あっさりと言われ、爽良は面食らう。

確かに、紗枝が悪霊と化していたときは、自分の思いを伝えることで落ち着かせることができた。

ただ、霊との会話には、人と話すときのような会話のキャッチボールはなかなか成立せず、できると言い切れる程、爽良の中では手応えを感じられていない。むしろ、爽良に懐いてくれた紗枝は、特例中の特例といえる。

すると、爽良の不安を察したのか、御堂は大袈裟に肩をすくめた。

「そんなにびびらなくても、悠真からはあまり不穏な気配は感じられないし、返してって交渉するくらい大丈夫だって」

「簡単に言いますけど……」

「別に簡単だよ。ただ、一応念を押しておくけど、下手打って怒らせないようにね。所詮、霊だから」

「…………」

御堂から言われると洒落にならず、爽良は息を吞む。

ただ、鳳銘館の存在を知ってからというもの、この短い期間でどれだけ危険な目に遭ってきたかを思い返すと、決して大袈裟な忠告ではなかった。

「わ、わかりました。とりあえず、考えてみますね」

爽良は動揺を抑えながらそう答える。

すると、御堂は立ち上がり、チラリと時計に視線を向けた。

「了解。じゃあ、困ったら相談して。今日は早く修繕しなきゃまずい箇所が多くて、いろんな場所をウロウロしてると思うけど、見つからなかったら携帯で呼んで」

「は、はい……」

よほど忙しいのだろう、御堂はそう言い残すと談話室を後にする。

一人になった途端、頭に浮かぶのはやはり悠真のこと。

七歳という幼さで亡くなり、生きていた頃の体の不自由さを発散するかのごとく、鳳銘館を走り回っているという話は、胸に込み上げるものがあった。

好きだったものを今もまだ収集しているという話も、健気で切ない。

もし、自由を満喫することで浮かばれるのならば、御堂が言ったように悠真の気が済むまで自由にさせてあげたいとも思う。――けれど、持っていかれたものが紗枝の髪留めである以上、放っておくことはできなかった。

「会話、か……」

つい零れるひとり言。

返してもらうには交渉するしかないが、とはいえ、悠真の気持ちを思うと少し気が咎める。

爽良はふたたびソファに座り、膝を抱え込んだ。

すると、そのとき。ふと、壁に飾られた大きなリースが目に入る。

木の実とドライフラワーで作られたそれは、クリスマスリースのような華やかさこそないものの、大ぶりで独特な存在感を放っていた。

しかし、爽良の目が留まったのはその存在感にではなく、リースに巻き付けられたガーランド。

近付いてよく見てみると、それは銀色の糸で編まれた紐に、等間隔で星の形のオーナメントが吊り下がっているシンプルなデザインだった。

しかし、中には糸がプツンと途切れ、オーナメントがなくなっている箇所がある。残っているのは、銀色の塗装がほとんど剝がれたものばかり。

「もしかして、キラキラしてる星だけ悠真くんが持って行っちゃった、とか……」

ただの思い付きだったけれど、あながち間違っていないような気がした。

とはいえ、もしそうだとするなら、キラキラしたものに対する悠真の執着は、想像以上に強い。

安易に頼んだところで、返してもらえるとは思えなかった。

爽良は塗装の剝がれた星を手の中で弄びながら考え込む。

そして、唯一思いついたのは、なにか他の物と交換してもらう方法。

かなり単純ではあるが、ただ返してほしいと頼むよりもずっと可能性が高いように思えた。

ただし、交換するために用意するものは、悠真にとって髪留め以上に魅力的なものでなければならない。

爽良は悩みながら談話室を後にし、管理人室へ戻ると、チェストの引き出しを開け、アクセサリーを収納しているケースを取り出した。

いない。

ただ、着飾ることに関してさほど興味がない爽良は、そもそもあまり多くを持ってはいない。

現に、ほとんど開く機会のないケースの中に仕舞われていたのは、シンプルなネックレスやブレスレットがほんの数本。

それも、親戚の結婚式用にと間に合わせに買ったものなど、高価でもなければ特別な思い入れもない。言ってしまえば、手放してもさほど惜しくないものばかりだ。

そんな、爽良ですら価値を感じていないものを、悠真が気に入ってくれるかどうかは正直疑問だった。

悠真が欲しがる基準は〝キラキラしたもの〟とずいぶん漠然としているが、なんでもいいのならばもっと被害が多くても不思議ではない。

ガーランドのオーナメントもきっちり選り好みしていたし、おそらく、それなりのこだわりはあるのだろう。

今回は、あくまで悠真にとっての価値が、紗枝の髪留めよりも高いものでなければならないぶん、適当に選ぶわけにはいかなかった。

とはいえ、爽良には子供の価値観はよくわからない。

いっそ、庄之助がプレゼントしていたというビー玉を買いに行った方が早いかもしれないと、ケースの蓋を閉じようとした、そのとき。

ふと、隅の方に懐かしいものを見付けた。

それは、カラフルなビーズが連なった、おもちゃのブレスレット。ホログラムが貼られた星のチャームが付いていて、キラキラと輝いている。

記憶はかなり曖昧だが、手に取って眺めているうちに、とても気に入って毎日着けていた遠い昔の思い出がぼんやりと脳裏に蘇った。

かすかに覚えているのは、幼い頃に行った夏祭りでの、くじ引きの屋台。ブレスレットはおそらく、そこで当てたものなのだろう。

当時の爽良は、近所の商店街で毎年開催される夏祭りを楽しみにしていた記憶がある。

不思議なのは、霊との遭遇を恐れて普段は人ごみを嫌うのに、不思議と夏祭りには嫌な思い出がないこと。

だからこそ、このブレスレットは当時の自分にとって特別であり、いつまでも捨てられなかったのかもしれないと、爽良は星のチャームを撫でながら過去に思いを馳せた。

――そのとき。

「そういえば、これも星の形……」

ふいに頭に浮かんだのは、悠真が持っていったものたちの共通点。

思えば、紗枝の髪留めもリースのオーナメントも星の形をしていた。

たった二例ではなんともいえないが、悠真が星の形を好んでいる可能性がないとは言い切れない。

もしそうだとすれば、星のチャームが付いたブレスレットと交換してほしいという交渉なら成立するかもしれないと、ふと思った。

とにかくやってみる価値はありそうだと、爽良は早速ブレスレットを手にふたたび管理人室を出る。

悠真がどこに現れるかはわからないが、少なくとも結界が張られている管理人室にいても会うことはできない。

爽良はひとまず一階の廊下を西側に向かって歩きながら、気配に集中する。

しかし、端まで歩き、折り返して東側の廊下を歩いてみたところで、それらしき気配はどこにもなかった。

爽良は一階を諦め、続けて二階に向かう。

階段を上りながら、自分から霊を捜す日が来るなんて、少し前の自分が知ったらさぞかし驚くだろうとしみじみ思った。

霊が視えることは子供の頃からの最大の悩みだったし、視えなくなってほしいと願った回数はとても数え切れない。

それが、鳳銘館に引っ越してきて以来、霊に対する認識が少しずつ変わりはじめていた。

最初のキッカケは、やはり御堂との出会い。

霊の存在を当たり前のものとして受け入れている御堂には驚いたし、大きな刺激を受けた。

さらに、紗枝との出会いによって、霊とは元々自分と同じく生きていた人間であるということを、改めて認識した。

冷静になれば当たり前のことだけれど、逃げることに必死だったこれまでの爽良には、そんなことを考える余裕なんて少しもなかった。

最初は恐ろしかった紗枝のことも、かつて幸せな日々を送っていたことや、悲しい最期を迎えたこと、庄之助に懐いていたことなど、いろいろなことを知っていくうちに、今やただ怖いだけの存在ではなくなっている。

お陰で、霊と遭遇したときは逃げたり避けたりするだけでなく、向き合うという手段があることを知った。

もちろん、霊に対しての恐怖心が完全に拭えたわけではないけれど、心持ちは大きく違う。

「悠真くん……、どこ……？」

爽良は二階の廊下を西側の端まで歩き、なんの反応も得られないまま続けて東側の端まで歩く。

しかし、それでも気配はまったくなく、やはりおもちゃのブレスレットにはそそられないのかもしれないと肩を落とし、ついに三階に上がった。

そして、東側の廊下に差し掛かった瞬間、ふと、一番手前の三〇四号室の前で足を止める。

話。

爽良の頭を過っていたのは、悠真が昔三〇四号室に住んでいたという御堂から聞いた話。

爽良はポケットからマスターキーを取り出し、鍵を開けて中を覗き込んだ。

しかし、とくに変わった気配はない。

ほっとするような残念なような複雑な気持ちを抱えながら、爽良が戸を閉めた——瞬間。

突如、背後から異様な気配を覚え、背筋に悪寒が走った。

なにかがいる、と。

長年の勘が、そう訴えている。

それを裏付けるかのように、周囲の空気がキンと冷たくなった。

爽良は覚悟を決め、おそるおそる振り返る。——すると。

「っ……」

声にならない悲鳴が零れた。

爽良の目の前にあったのは、天井からするりと伸びる細い腕。

それはまるでなにかを要求しているかのように、手のひらを開いている。その小ささから、悠真の手だとすぐにわかった。

やがて、手足の先がじわじわと痺れはじめ、これは金縛りの前兆かもしれないと察した瞬間、爽良は慌てて一歩下がる。

「ま、待って……、お願いが……」

恐怖の最中、その冷静さが残っていたのは奇跡だった。その手はまるで爽良の声に反応するかのように、指先をかすかに動かす。

「あなたは、悠真くん、でしょう……？」

質問を投げかけると、ふたたび指先が動いた。

爽良は、震える手でブレスレットを掲げる。

「これを、あなたにあげる、から……、さっき持っていった髪留めを、返してもらえない、かな……」

正直、当たり前に会話が通じる期待なんてしていなかった。

たとえ危険でなくとも相手は霊であり、理不尽な展開だって十分にあり得ると。

爽良は、固唾を呑んで悠真の反応を待つ。

長い、沈黙。

鼓動はみるみる激しさを増し、緊張から息苦しさすら覚えた。――そのとき。

突如、天井からなにかが落下し、床でコトンと音を立てた。

おそるおそる視線を向けると、床に落ちていたのは、談話室で持っていかれてしまった紗枝の髪留め。

「交換、してくれるの……？」

ほっとするよりも、思っていたより簡単に交渉に応じてくれた悠真に、爽良は驚いていた。

爽良はゆっくりと腰を落とし、髪留めを拾い上げる。

星の輪郭が、照明を反射してキラキラと光を放った。

「ありが、とう……。星が、好きなの……？」

わずかに緊張が解け、おそるおそる尋ねると、悠真の指先がかすかに動く。まるで頷いているような反応が、少し微笑ましい。

「じゃあ、これ、約束のブレスレット……」

爽良は用意していたブレスレットを、悠真に差し出した——瞬間。

『グルル……！』

突如響いた、唸り声。

視線を向けると、廊下の数メートル先にはスワローがいて、鼻先に深く皺を寄せて悠真を威嚇していた。

スワローとは、庄之助が御堂の実家の寺からロンディと一緒に引き取ったという、ホワイトスイスシェパード。

ずいぶん前に死んでしまっているが、今もロンディの傍から離れず、鳳銘館に迷い込んだ浮遊霊を追い払っているらしい。

スワローは警戒心を露わに、爽良との距離をじりじりと詰めた。

「スワロー……？　大丈夫だよ、危なくないから……」

言い聞かせても、スワローに反応はない。

爽良は、その様子にふと違和感を覚えた。

というのも、スワローはそもそも爽良にはまったく懐いていないし、おそらく自ら爽良を守るという発想はないはずだ。

なのに、御堂すら無害だと言った悠真に対して、警戒と怒りを露わにしている。

「どうしたの……？　落ち着いて……」

不思議に思いながらも、爽良は慌ててスワローを宥めた。

しかし、スワローは一切聞く耳を持たず、一段と激しく唸り声を上げたかと思うと、突如、悠真の手に向かって勢いよく飛びかかった。

「待っ……！」

それは、ほんの一瞬の出来事だった。

悠真は、スワローに怯えるように天井へとするりと手を引っ込め、スワローもまた、それを追いかけ天井へと消えて行く。

冷えていた空気はたちまち緩み、廊下はしんと静まり返った。

全身から力が抜け、爽良は床にぺたんと腰を下ろす。

ゆっくり深呼吸を繰り返しても、動揺はなかなか収まらない。

どうしてスワローが現れたのか、何故あんなに怒っていたのかと、疑問がいつまでも頭を回っている。

ただ、今はそんなことを考えている場合ではなかった。

というのも、爽良の手には、紗枝の髪留めも、代わりに渡すはずだったブレスレットも握られている。

想定外の事態が起きたとはいえ、約束を破ってしまった罪悪感が拭えず、爽良は呆然と手の中のブレスレットを見つめた。――そのとき。

ドン、と頭上から激しい振動が起こり、廊下の窓ガラスがビリビリと震えた。

その不自然な振動からは、まるで癇癪を起こしているかのような強い憤りが伝わってくる。

辺りには、まだかすかに悠真の気配が漂っていた。

やはり、スワローが現れたタイミングからして共謀していたと思われても仕方がなく、誤解を与えてしまったことを確信した爽良は、慌てて立ち上がって天井に向かってブレスレットを掲げた。

「ごめんなさい、騙したわけじゃないの……！　ブレスレットを渡すから、もう一度出てきて……？」

しかし、悠真から反応はなく、気配は次第に曖昧になっていく。

代わりに覚えたのは、かすかなスワローの気配。

これでは、もし悠真が出てきても同じことの繰り返しになりかねないと、爽良はブレスレットをポケットに仕舞う。

本音を言えばすぐに誤解を解きたいけれど、この状況では機会を改める他なく、爽良は仕方なくその場を後にした。

ただ、心の中には言い知れない不安が渦巻いていた。


その日の夜は、眠れなかった。

というのも、朝方までずっと、上の階から激しい振動が響いていたからだ。

管理人室の真上にあたる二〇四号室に入居者はいない。悠真の仕業であることは、考えるまでもなかった。

恐怖心はもちろんあったけれど、それよりも不安だったのは、悠真を怒らせてしまったこと。

無害だったはずの悠真が怒りに駆られ、万が一、なんらかの被害が出ようものなら、御堂はおそらくあっさりと祓ってしまうだろう。

放っておけば浮かばれるはずだったのに、自分のせいで強引に祓ってしまうことになったらと思うと、とても落ち着いてはいられなかった。

結局、爽良は一睡もできないまま朝を迎え、濃い隈が浮かび上がった顔を鏡に映し、重い溜め息をつく。

「っていうか……、スワローはどうしてあんなに怒ってたんだろう……」

ふと浮かぶのは、昨日見たスワローの剣幕。

賢いスワローが理由なくあんな行動を取るとは思えないし、悠真がスワローをあそこまで怒らせる理由も想像がつかない。

そもそも、一切心を開いてくれないスワローが考えていることなんて、爽良にわかるはずがなかった。

爽良は考えるのをやめ、蒸しタオルで隈をケアし、昨日渡せなかったブレスレットをポケットに入れて管理人室を出る。

とにかく、今の爽良がやるべきことは、御堂やスワローに気付かれないうちに、悠真の怒りを鎮めること。

寝不足の頭はずっしりと重かったけれど、とにかく先に管理人としての仕事を終えてしまおうと、爽良は早速掃除道具を手に取った。

幸いというべきか、その日の朝は御堂の姿を見かけなかった。

午前はたまたま雨が止んでいたこともあり、外でなにかしらの修繕をしているのだろう。

会えば動揺してしまう自信があった爽良は、午前の仕事を急いで終えると、ほっと胸を撫で下ろした。

そして、こっそりと三階に上がって三〇四号室の前に立ち、ポケットからブレスレットを取り出す。

注意深く確認したものの、辺りにスワローの気配はなかった。ただ、悠真の気配もない。

「悠真くん……？」

爽良は住人たちに気付かれないように、できるだけ声を絞って悠真の名を呼んだ。

しかし、やはり反応はない。

「どこにいるの……？」

廊下はしんと静まり返り、聞こえるのはいつの間にか降り出していた雨の音だけ。

手応えは一切ないが、気配を潜めて様子を窺っている可能性もあると、爽良は天井に向かって繰り返し声を掛けた。――そのとき。

「なにしてんの」

よく知る声が聞こえ、爽良はビクッと肩を揺らす。

振り返ると、不思議そうに首をかしげる礼央と目が合った。

霊の気配に集中しすぎていたとはいえ、礼央が近付いていたことに気付かないなんてと、爽良は自分に呆れる。

咄嗟に誤魔化そうとしたものの、動揺から目が泳いでしまった。

「れ、礼央……」

「ずいぶんコソコソしてるみたいだけど」

「コソコソなんて、そんな……」

「してる。昨日から」

悠真の件に関して、できるだけ大ごとにせず、一人でこっそり終えてしまおうと思っていたけれど、どうやら礼央には勘付かれていたらしい。

爽良は慌てて表情を繕う。

「ちょっと、捜し物を……」

「なに。手伝う」

「い、いいの、たいした物じゃ……」

「隈」

「え？」

「隈、できてる」

「……っ」

爽良は慌てて両手で目の下を覆った。

指に絡んだブレスレットが揺れ、小気味良い音を鳴らす。

すると、礼央がかすかに瞳(ひとみ)を揺らした。

「それ、懐かしい」

「それ？……って、このブレスレットのこと？」

「そう」

それは、思いもしない反応だった。

爽良はほとんど覚えていないけれど、どうやら礼央はブレスレットに関する記憶を持っているらしい。

「これのこと、覚えてるの……？」

「うん。商店街の夏祭りで当てたやつでしょ。爽良は子供だったから覚えてないかもしれないけど」

「くじのことはぼんやり覚えてるよ……。それに、子供だったっていっても二つしか変わらないのに」

「子供の頃の二歳は全然違うから」

礼央は懐かしそうに、指先でブレスレットに触れる。

その表情がなんだか意味深で、爽良はつい見入ってしまった。

ふと、記憶のずっと奥の方に、幼い頃の礼央の姿が浮かび上がる。

あまりに曖昧でなかなか形にならないけれど、蘇ってきたのは、手を引かれて歩いたときに覚えた安心感。

ふいに、礼央と二人で夏祭りに行った日のことが、ぼんやりと頭に蘇ってきた。――けれど。

「――で？」

「え……？」

問いかけられ、引き戻しかけた記憶がぷつんと途切れる。

そして、深い色の瞳に捉(とら)えられた。

「教えて。たいしたことじゃなくてもいいから」

「え……っと」

長年近くにいたはずなのに、最近の礼央は、ときどき〝幼馴染(おさななじみ)の礼央〟でなくなる瞬間がある。

真剣な目で見つめられるともはや隠しきれず、観念するしかなかった。

「実は、……悠真くんっていう子供の霊との約束を破ってしまって。……というか、想定外のことが起きて――」

昨日からの一連の出来事を話す間、礼央はなにも言わず、ただ静かに相槌(あいづち)を打っていた。

普通に考えれば奇想天外な話なのに、礼央は爽良がなにを言おうと眉(まゆ)ひとつ動かさない。

そういう異様に落ち着き払ったところは昔から変わらず、爽良にとっては心強くもあり、不思議でもあった。

すべてを話し終えると、礼央は小さく溜め息をつく。

「――で、怒らせちゃったから、御堂さんに祓われる前に約束を果たしたいってこと？　また妙なのに目をつけられたね」

「でも、私のせいだから」

「そもそも最初に盗んだのは悠真って子の方なんだから、爽良が気に病むことはないんじゃないの」

「でも、結果的に騙(だま)して取り返したみたいになってしまって……。せっかくずっと大人しくしていたのに……」

「……まあいいけど。とりあえず俺も手伝う」

「い、いいよ、礼央は忙しいんだから」

サラリと言われ、爽良は慌てて遠慮した。しかし、礼央に引く気はないらしく、首を横に振る。

「別に爽良を手伝う時間くらいある」

「でも……！」

「とりあえず、まずは悠真くんのことを調べようよ。庄之助さんが遺(のこ)した名簿や日誌はもう見た？」

「ま、まだだけど、ちょっと待っ……」

「早く」

礼央は、止めようとする爽良を無視してさっさと廊下を引き返し、階段を下りていった。

こうなったときの礼央には、もう交渉の余地はない。

爽良はまた巻き込んでしまったことを申し訳なく思いながら、慌てて礼央の後を追った。

「っていうか、放っておきなよって言うかと思った……」

階段を下りながら思わず零したのは、爽良の本音。

というのも、礼央は、霊が視えていながらもこの年まで無関心を貫いた、異常なまでに肝が据わった男だ。

そんな礼央からすれば、霊に怯えて振り回される爽良が、さぞかし滑稽に見えるだろうと思っていた。

すると、礼央は爽良にちらりと視線を向ける。

「そりゃ、放っておけばいいのにって思ってるよ。心から」

「やっぱり……」

「でも、放っておかないんでしょ」

「ま、まあ……」

要するに、危なっかしくて見ていられないから、手伝わざるを得ないという意味だと爽良は察した。

やはり、なんとしても礼央には隠し通すべきだったかもしれないと、じわじわと後悔が込み上げてくる。

すると、礼央はふいに立ち止まり、突如、少し切なげに瞳を揺らした。

「……髪、早く伸びるといいね」

「え……？」

それは、礼央との会話中によくある、急な話題の転換。長年一緒にいる爽良ですら、この瞬間は妙にドキッとしてしまう。

するとと、礼央は爽良の髪にそっと触れた。

「ボヤ騒ぎのときに、ずいぶん切ったでしょ」

「あ……うん。でも、伸ばしてたわけじゃないから……」

礼央は小さく頷き、名残惜しそうに髪からゆっくりと手を離す。そして。

「……前にも言ったと思うけど、爽良がやるって言うなら止めないから、別に隠すことないよ」

静かな玄関ホールに、礼央の声が響いた。

「あまり心配すると遠慮して相談してこなくなるだろうから、爽良が言いだしたことはなにも言わずに手伝うってもう決めてる。だから、なにかあったら言って」

「礼央……」

「もちろん、限度はあるけど。ただ、俺は必死に仕事がしたくてこんな怪しいアパートに越してきたわけじゃないから」

口調は穏やかだけれど、向けられた目から切実な思いが伝わってくる。

礼央はそこまで言い終えると、反論は聞かぬとばかりにくるりと向きを変え、ふたたび階段を下りはじめた。

爽良は戸惑い、その場に呆然と立ち尽くす。

正直、そこまで言ってもらってもなお、申し訳ないという気持ちはどうしても消えない。

ただ、その一方で、礼央が協力してくれるという申し出が、これ以上ないくらい心強いことも確かだった。

「……ありがとう」

聞こえないとわかっていながら、爽良はどんどん離れていく礼央の背中に向かって小声で呟く。

先に一階へ下りた礼央が、振り返って小さく首をかしげた。

管理人室へ戻ると、爽良たちは早速入居者名簿を開いた。

目的は言うまでもなく、悠真のことを詳しく知るため。

三〇四号室の項目を開くと、一番上のページに記されていたのは、高岡憲仁という名前。そして、その下に悠真の名前もあった。

入居は約七年前、そして退去は五年前となっている。

「一番上のページに名前があるってことは、高岡さんが退去して以来、三〇四号室には誰も入居してないんだね」

「うん……。退去が五年前ってことは、悠真くんが亡くなってすぐに出て行っちゃったってことだよね」

入居者名簿によれば、悠真たちが鳳銘館に住んだ期間はたったの二年。

しかし、それにしては、そのページは庄之助が書き記した文章でびっしりと埋められている。

その多くが、悠真に関係する内容だった。

最初に書かれていたのは、悠真たちが鳳銘館に引っ越してきた理由。

御堂が話していた通り、引っ越してくる少し前に、悠真の母親が亡くなっているらしい。

それを機に、元々心臓に大きな病気を抱えていた悠真はすっかり気力を失い、体力も落ちてしまった。

悠真の病気は重く、日常生活に支障が出る程の運動制限があり、なるべく早いタイミングでの手術を必要としていたものの、体力や気力の低下で適応する条件に満たないまま、悪化の一途を辿っていたらしい。

そんな中、鳳銘館では亡くなった人の魂に会えるという噂を耳にした父親が、鳳銘館に住めば母親の魂に会わせてあげられるかもしれないと、もし会えれば少しでも悠真が元気になるのではないかと考え、引っ越しを決めたというのが経緯のようだ。

「可哀想に……」

そこまで読み終えた爽良は、たまらない気持ちになって思わず呟く。

幼くして深刻な病気を抱え、さらに母親の死まで乗り越えなければならないなんて、あまりにも過酷すぎて胸が張り裂けそうだった。

さらに、庄之助によれば、「父親には霊感なし」とある。

霊感のない人間からすれば、亡くなった人の魂に会えるアパートなんてとても信じ難い話のはずだ。

それでも引っ越しを決めた決断から、悠真になんでもしてやりたいという深い愛情が窺えた。

「……お母さんには、会えたのかな」

「多分、そう簡単じゃないと思う。もちろん可能性があるっていうだけでも希望にはなったと思うけど。悠真くんに霊感があったなら、母親の気配がないことにも気付いてたんじゃないかな」

「悠真くんに霊感が……？」

「鳳銘館って霊感がないと入れないでしょ。父親にないなら、悠真くんの方にはあったはず」

「そっか……」

そのページは、父親が退去したという一行で締め括られていた。

入居者名簿を閉じると、今度は礼央が管理日誌を開く。

日誌もまた、庄之助により膨大な情報が綴られているが、住んでいた期間が短いこともあって、悠真たちに関する項目を探すのは簡単だった。

ただ、ほとんどのページには主に物騒な事件の記録が綴られているというのに、悠真が登場するページには、まるで普通の日記のように数多くの微笑ましい記録が残っていた。

たとえば、庄之助がプレゼントしたガラス玉を喜んでくれたとか、庭で一緒に光る石を探したなど。

やはり、悠真はキラキラしたものが好きらしい。

爽良は、ポケットの中のブレスレットを思わず握りしめる。

「早く渡してあげなきゃ……」

悠真の悲しい過去を知ったことで、結果的に騙したような形になってしまったことが、なおさら悔やまれた。

爽良が俯くと、ふいに礼央がページの一節を指差す。

「ねえ爽良。これ、なんだろ」

「うん……？」

見れば、そこに記されていたのは「秘密基地が完成」という意味深な言葉。爽良は首をかしげる。

「秘密基地……？」

「庄之助さんと一緒に作ったんじゃない？　子供の頃って、秘密基地っていう響きにやたらと惹かれたりするから」

「ツリーハウスみたいな……？」

「そんな大掛かりなものじゃなくて。押し入れとか倉庫とか、あまり人目に触れない狭い空間ならなんでもいいんだよ」

「そうなんだ……。礼央にもあった？　秘密基地」

「俺は、――ベランダかな」

「ベランダ……」

なにげない質問に返された答えで、ふいに遠い昔の記憶が脳裏を掠める。

思えば、礼央と部屋が隣り合っていた実家のマンションでは、幼い頃から、眠れない日にはベランダに出て礼央を呼び、遅くまでこっそり話をした。

成長するにつれ次第に減っていったけれど、霊が視えるせいで辛い思いをすることが多かった爽良にとって、それは心からリラックスできる、かけがえのない時間だったように思う。

「……確かに、秘密基地かも」

無意識に呟くと、礼央がわずかに目を細める。秘密基地とは、多くの子供が共通して持つ、温かい思い出のひとつなのだろう。

「もしその秘密基地が今もまだ残ってるなら、そこに行けば悠真くんに会えるんじゃない」

　礼央の言葉に、爽良は頷いた。

　ただ、庄之助が記した「秘密基地」に、詳細はない。

　探すにしても、鳳銘館にはそれらしい倉庫や用具入れなどの収納が数えきれない程あるし、裏庭に関しては、いまだ足を踏み入れていない場所すらある。

　秘密基地に明確な定義がないぶん、候補を絞ることはなかなか困難だった。

「見つけられるのかな……。庄之助さんが手紙に遺してた、〝大切なもの〟の在処もいまだに全然わからないのに……」

「そういえば、そんな話もあったね。だけど、庄之助さんに比べれば、悠真くんの行動範囲はずっと狭いはず。強い運動制限があったみたいだし、庄之助さん的に悠真くん一人でも安心して行かせられる場所って考えると、庭は現実的じゃない気がする。だとすると、屋内の収納スペースかな。倉庫とか、用具入れとか」

「でも、屋内の収納なら管理人になってから何度も使ってるけど、どこも物がぎゅうぎゅうに詰まってたような……」

　主に鳳銘館の収納を使っているのは、御堂。

　御堂は、建物から庭にいたるまですべての修繕を担ってくれていることもあり、収納には爽良が見たこともないような専門的な道具が詰まっている。

　記憶の限りでは、どこも、子供一人が入れるスペースなんてない。

　すると、礼央は管理日誌を閉じて立ち上がった。

「五年前と今が同じ状況とは限らないから、一応収納を見て回ろう。それに、捜してるうちに違う発見があるかもしれないし。……ただ、今の時間はどこで御堂さんに会うかわからないし、怪しまれると面倒だから暗くなってからの方がいいかも」

「うん……。でも、本当に付き合わせていいの？」

「いいよ」

「……ありがとう」

礼央は昔から爽良に寛容で、どんなときも協力的だったと、最近はそんなことを思い返す瞬間がたびたびある。

大人になるにつれ、少しずつ距離が開いていくような感覚を覚えたこともあったけれど、こうして同じアパートに暮らし始めて以来、なにひとつ変わっていないことを改めて実感していた。

他に友達のいない爽良には比べようがないけれど、これがあまり一般的でないことはなんとなくわかっている。

だからこそ、礼央は無理しているんじゃないかとか、重荷になっていないだろうかと、ときどきどうしようもなく不安に駆られてしまう。

ただ、爽良には、礼央にそれを聞くことはできない。

あっさりと首を横に振ることはわかりきっているからだ。

それを嘘だと思っているわけではない。

ただ、爽良には、父に対して何年も本当の気持ちを隠し続けた経験がある。それがいかに苦しいことかよく知っているし、万が一、礼央にも同じ思いをさせてしまったらと思うと、自分が安心したいがためだけの確認はしたくないと考えていた。

「——爽良、聞いてる？」

秘密基地捜しをはじめたのは、その日の夕暮れ。

礼央に続いて歩きながら、悠真のことをぼんやり考えていた爽良は、名前を呼ばれて途端に我に返った。

慌てて見上げると、礼央が二階の掃除用具入れの戸を開けながら首をかしげる。

「玄関ホールに面した収納は人の目につくから、さすがに秘密基地には向かないかも。……って話をしてたんだけど」

「ご、ごめん……。そ、そうかも」

酷(ひど)く動揺しながら返事をしたものの、礼央はさほど気にする様子もなく、掃除用具入れの戸を閉めた。

そして、二階の手すりにもたれ、玄関ホールを見下ろす。

「ってことは、階段下の収納は全部除外してもいいかも。鳳銘館って、デッドスペースをほぼ収納にしてるっていう話だけど、屋内だとあとはどこにあるの？」

「御堂さんしか使ってない収納が各階の廊下にいくつかあるけど……。でも、どれもすごく狭かったような……」

「……へぇ。一応見てみる」

礼央はそう言うと、西側の廊下を進む。

そして、二〇六号室と二〇七号室の間にある、爽良の腰程の高さの小さな戸の前で止まった。

「これのこと？……ずいぶん変なところにあるね」

「普通の邸宅を無理やりアパートに改装したから、柱の位置とかの関係で、ところどころに変なスペースがあるんだって。御堂さんが言ってた」

「こんなに広いんだから、無理やり収納増やす必要なさそうだけど」

礼央はそう言いながら、小さな戸を開ける。

中には、見たこともない電動工具から錆止め（さびどめ）などの薬品類までがごっちゃに詰め込まれていた。

ただ、想像通り、中はかなり狭い。

「これじゃ、たとえ中が空だったとしても窮屈だね。奥行きもないし」

「多分、廊下の収納は全部こんな感じだよ」

「そっか」

礼央は戸を閉めると、壁にもたれて腕を組む。

爽良もその横に並ぶと、正面の窓から見える裏庭の木々が大きく枝を揺らした。

鳳銘館で過ごしていると、ときどき、東京にいることを忘れそうになる。

まるで田舎で長い夏休みを過ごしているような独特な開放感があるし、いつかこんな生活にも終わりがくるのだろうかという漠然とした寂しさが混在することも、まさに夏休みの心情と似ている。

ここに引っ越して以来、立て続けに二度も怖ろしい目に遭ったというのに、その印象は変わらない。

むしろ、日に日にこの場所に根を下ろしているかのような、体が馴染(なじ)んでいく感覚すら覚えていた。

「──そういえば」

「うん？」

「いいの？　あのブレスレット渡しちゃっても」

秘密基地のことを考えていると思いきや、思いもよらないことを問われ、爽良はポカンと礼央を見上げた。

ポケットからブレスレットを取り出すと、礼央はそれをするりと抜き取り、懐かしそうに眺める。

「どうして……？」

「これ、爽良がすごく気に入ってたやつだから」

「気に入ってたことはなんとなく覚えてるけど……、もう、十年以上前の話だし」

「でも、今もまだ捨てずにずっと持ってたんでしょ？」

「持ってたっていうか、忘れてただけっていうか」

「そっか」

礼央は頷き、ブレスレットを爽良に返した。

かすかに、胸がざわめく。

「……もしかして、これが当たったとき、私、礼央と一緒だった？」

なにげなく投げかけた問いに、礼央は少し意味深な間を置き、頷いた。

唐突に、屋台がずらりと並ぶ懐かしい風景が記憶を掠める。

脳裏にぼんやりと浮かんだのは、爽良の手を引き前を歩く礼央の後ろ姿。強く握られた手の感触が、やけに鮮やかに蘇った。

「あの年はおばさんが体調を崩していて、爽良が行きたがってるから連れて行ってもらえないかって頼まれて。二人で夏祭りに行ったのは、あの年が最初だよ」

「そうだったっけ……」

「爽良は昔から人ごみを嫌ってたから、行きたがってるっていうのはおばさんへの気遣いだろうし、実際あまり気乗りしてなかったみたいだけど、あの年を境に毎年楽しみにするようになって。今年は一緒に行ける？　って、夏が近付くと遠慮勝ちに聞いてきてたよ」

「ご、ごめんね……。中学生くらいの男の子が幼馴染の女の子を連れてお祭りに行くなんて、嫌だったよね……」

「そんなことない。爽良は自分からどこかに行きたいなんて滅多に言わなかったし、祭りに行くと楽しそうで、よく笑ってたから俺も楽しかった」

さらりと言われた言葉は少し気恥ずかしく、爽良は俯(うつむ)く。

ただ、礼央が言った通り、爽良は昔から霊との遭遇を危惧(きぐ)して人ごみを避けていたのに、夏祭りだけは楽しかった記憶がおぼろげに残っていた。

それを少し不思議に思っていたけれど、礼央の話を聞く限り、どうやら爽良の記憶は正しいらしい。

やはり礼央の記憶は爽良よりもずっと鮮明で、聞いているうちに、もっといろいろなことを思い出せそうな気がした。

そして、なんとなく、まだなにか大切なことを忘れているような気がしてならなかった。

「あの日、他になにしたか覚えてる……？」

ふいに尋ねると、礼央は過去に思いを馳(は)せるかのように遠い目をする。

けれど、ゆっくりと首を横に振った。

「さすがに曖昧(あいまい)なんだけど、ただ、金魚すくいは毎年やってたよ」

「金魚すくい……？　そういえば、礼央の家で一緒に飼ってもらってたような」

「爽良が、家に生き物を連れて帰ったら怒られるかもって言うから。一時期、うちの水槽の金魚の密度がすごかった」

「ふふっ……」

思わず笑うと、礼央が少し驚いたように目を見開く。

「……今なら、いくらでも金魚を連れて帰れるね。池もあるし」

「うん。……何年もやってないから、すごく下手になってると思うけど」

地元には辛い思い出が多いけれど、こんなふうに穏やかな気持ちで思い出せることがなんだか嬉しかった。

少し離れてみることで見えてくるものが、思いの外多いのかもしれないと爽良は思う。

「悠真くんにも、キラキラしたものに特別な思い入れがあるのかな」

なかば無意識に呟くと、ふいに礼央が姿勢を起こした。そして。

「マスターキー、持ってる？」

「え？……持ってるけど……」

頷くと、礼央は爽良を手招きし、階段の方に向かった。

「三〇四号室に行ってみよう。なんだかんだで鳳銘館では一番長く過ごした場所のはずだし、秘密基地のヒントが残ってるかもしれないから」

「だ、だけど、空室になって五年も経つよ……？」

「そうだけど、やっぱり住んでた部屋を無視して進められないかなって」

確かに、悠真のことを知る上でもっとも重要な三〇四号室を、爽良はまだきちんと調べていない。

ただ、部屋の構造は２ＤＫと単純な造りで、決して広くもなく、少なくとも秘密基地を作れそうな場所は思い当たらなかった。

なにかしらの形跡が残っていたとしても、次の入居者のために御堂がすでに片付けているだろう。

可能性は薄いと思いながらも、爽良は礼央の後に続いて三階に上がる。

そして、東側の廊下の一番手前にあたる、三〇四号室の鍵を開けた。

そっと戸を開けると、視界に広がったのは、いつもとなんら変わらない光景。もしかして悠真の気配があるかと思ったけれどそれもなく、礼央は中に入ると正面の二部屋を順番に確認し、右側の部屋の窓から外の様子を眺めた。

爽良も並んで見下ろすと、いつの間にかすっかり暗くなった庭に、真っ白いロンディの姿がぼんやりと見える。

「ここからだと、ロンディも見えるし、住人たちの出入りもよく見えるから、少しは退屈が紛れたかな……」

運動が制限された悠真の気持ちを思いながら、爽良はそう呟いた。

すると、そのとき。

「ねえ爽良、ここ」

「うん？」

突如、礼央が窓枠の端を指差す。顔を近付けてよく見てみると、星形の小さなシールが貼られていた。

「色褪せてるけど、これも星だね」

「本当だ……。ここ、悠真くんの部屋だったのかも」

「かも。よく見ればところどころに同じシールが貼ってある。劣化して壁と同化してるけど」

礼央が言ったように、注意深く壁を見れば、いくつかの小さな星のシールを見付けることができた。

ただ、それらは子供の身長では到底届かないような場所にも多くあり、爽良は首をかしげる。

「あんな高いところにも……。お父さんに手伝ってもらったのかな」

「賃貸だし、父親ならむしろ止めない？」

「庄之助さんはいいって言いそうな気がするけど……。にしても、結構あるよね。星空みたいにしたかったのかな」

「にしては、天井にはないね」

「……本当だ」

確かに、天井にだけは星のシールがなかった。

星空にしたいなら真っ先に天井に貼りたくなりそうなものだが、形跡ひとつ見当たらない。

壁の高い位置まで貼るこだわり様から考えると、少し不自然にも思える。

爽良がぼんやり見上げていると、礼央は突如思いついたように部屋のクローゼットを開けた。――すると。

「……脚立がある」

「え……？」

見れば、クローゼットの奥に、広げれば階段状になる立派な脚立が立てかけられていた。

爽良はさらに混乱する。

「どうして脚立が……。ていうか、全然気付かなかった……」

梅雨に入って以来、換気のために爽良は空き部屋のクローゼットを何度か開けている。

ただ、鳳銘館のクローゼットの戸はスライド式で、逆側の戸の奥まで確認したことはなかった。

「そもそも五年も空いてる部屋のクローゼットになにか入ってるなんて思わないし」

「そうだけど……。これって鳳銘館の備品なのかな。でも、どうしてこんなところに置きっぱなしにしてるんだろう」

「備品の脚立は各階の収納に入ってたから、違うんじゃない？」

「違うって言っても……」

「この部屋用の備品、とか」

「なんのために……？　まさか、シール貼るため……？」

「かも」

普通に考えればありえない話だが、変わり者の庄之助の仕業だとすれば、絶対に違うとも言い切れない。

それに、その脚立は御堂がよく担いでいる鳳銘館の備品よりもずっと安定感のある構造で、安全への配慮が伝わってくる。

「やけに頑丈でステップも大きいし、子供が使うことを想定して用意したものって感じがする」

「じゃあ、本当に悠真くんがシールを貼るためってこと……？　天井には貼らないのに……？」

「さすがに、こんな立派な脚立が用意されてるってなると、シールの為だけじゃないかも」

礼央はそう言うと、天井を見上げた——瞬間。

突如天井から激しい振動が響き、部屋が大きく揺れた。

パラパラと埃が舞い散り、爽良は慌てて床にしゃがみ込む。

礼央が咄嗟に爽良を壁際に庇い、天井を見上げた。

「気配がある。悠真くんかも」

礼央は爽良程はっきりと霊の姿が視えないというが、一方で、霊の気配に対してはかなり敏感らしい。

爽良が見過ごしてしまうような小さな浮遊霊の存在も、いち早く気付いている。

そんな礼央が警戒する様子は、爽良の不安を煽った。

「もしかして、怒ってる……？」

「怒ってるような雰囲気もあるんだけど、……なんだろう。それだけじゃないっていうか……」

礼央が言い淀むことはあまりない。

よほど表現し難い複雑な感情を感じ取っているのだろう。

しかし、それをゆっくり考えている暇などなく、天井からの振動はその後もさらに響き、次第に激しさを増した。

「一回出よう」

礼央の言葉に、爽良は頷く。――しかし、そのとき。

『グルル……』

突如、聞き覚えのある唸り声が響いた。

視線を向けると、部屋の入口に、激しく威嚇するスワローの姿。

「スワロー……？」

昨日に続いてまた現れたことに、爽良は動揺した。

スワローはやはり、悠真に必要以上に執着しているように思える。

ただ、爽良には、スワローがここまで敵意を剝き出しにする理由がどうしても思い当たらない。

スワローはゆっくりと部屋の中に足を踏み入れ、天井を睨みつけてさらに唸り声を上げる。

「スワロー……、お願い、今はそっとしておいて……？」

これでは悠真の怒りをさらに煽りかねないと、爽良は慌ててスワローを宥めた。しかし、予想通りと言うべきか、スワローはまったく聞く耳を持たない。そして。

『ワン！　ワンワン！』

ついに、大声で吠えはじめた。

あまりの剣幕に近寄ることすらできず、このままでは御堂に気付かれてしまうという焦りが込み上げてくる。

そのとき。

「スワロー、黙って」

礼央の冷静な声が響くと同時に、スワローはぴたりと吠えるのを止めた。

まさかのことに爽良が啞然としていると、礼央は不満げなスワローの頭をそっと撫で、部屋の外を指差す。

「今、いろいろ調べてるから。部屋の外で大人しくしてて」

すると、スワローは不本意そうではありながらも、フンと鼻を鳴らしてスルリと部屋を後にした。

とても信じがたい光景だった。

そもそもスワローは、御堂と庄之助以外の指示には従わないと聞いている。

なのに、さっきのスワローは、明らかに礼央の言葉に従っていた。

「ど、どうして……、いつの間に……」

爽良は呆然と礼央を見つめる。

すると、礼央はさもなんでもないことのように肩をすくめた。

「ウッドデッキで仕事してるときによく走り回ってるから、うるさいって言い聞かせてるうちに、言うことを聞くようになったみたい」

「簡単に言うけど……」

「別に、普通の犬とそう変わらないよ」

スワローを手懐けるなんて到底無理だと思い込んでいた爽良は、あっさりとそう言われ、絶句した。

しかし、その一方で、礼央ならそう不思議でもないと、少し納得してしまっている自分がいた。

なにせ、幼馴染として誰よりも近くで育った爽良ですら、いまだに礼央を不思議に思うことがたびたびあるし、今日のように驚かされることも少なくない。

「かなり騒いじゃったけど、まだ気配は消えてないね」

いまだ衝撃から覚めない爽良を他所(よそ)に、礼央はあくまでマイペースにそう言い、ほっと息をつく。

確かに、天井からの振動こそ止まったものの、悠真らしき気配は今もまだかすかに残っていた。

「まだ怒ってるのかな……？」

「わからない。……変な感じ」

礼央はそう言い、ふたたび天井を見上げる。

考えてみれば、スワローがしきりに威嚇していたのは天井の方向。爽良も立ち上がり、礼央の横に並んで上を見上げた。――そのとき。

「爽良」

ふいに礼央が天井の隅を指差し、爽良は思わず息を呑(の)んだ。

目に留まったのは、さっきまではなかったはずの、かすかな隙間。

よく見れば、天井板の一部がずれているらしい。おそらく、さっきの激しい振動のせいだろう。

「天井板ってこんなに簡単に外れるものなの……？」

驚いて尋ねると、礼央は首を横に振った。

「いや、そういう造りなんだと思う」

「そういう造りって……？」

「あそこが屋根裏への入口になってるってこと。さっきの脚立の使い道、アレじゃないかな」

爽良は目を見開く。

つまり、屋根裏にはスペースがあり、人が出入りしていたということになる。ふいに脳裏に浮かんだのは、庄之助の管理日誌に記された「秘密基地」という言葉。

「もしかして、屋根裏に……」

「あるのかもね」

礼央も同じことを考えていたらしい。早速クローゼットから脚立を引っ張り出すと、外れた天井板の下に設置した。

そして、なんの躊躇いもなく脚立に足をかけた礼央を、爽良は慌てて止める。

「礼央、待って」

「うん？」

「私に行かせて」

そう言うと、礼央はかすかに眉を顰めた。

最近、爽良は礼央のこんな表情をたびたび目にしている。礼央の感情は読み取り辛いけれど、迷っているようでも、困っているようでもある。

おそらく、「爽良が言いだしたことはなにも言わずに手伝う」と言ってくれた礼央が抱える葛藤なのだろう。

「だって、悠真くんが怒ってるのは私のせいなんだし、ちゃんと謝らなきゃならないから……」

あまり心労をかけないようにと、爽良は恐怖を抑え込み、できるだけ気丈にそう伝えた。

礼央は爽良の心情を推し量るようにしばらく見つめ、やがて小さく頷く。

「……異変を感じたらすぐ引き返して」

「うん。ありがとう」

爽良は頷き、礼央と代わって脚立に足をかけた。

子供が使うことを想定されているだけあって、脚立にはとても安定感があり、頑丈な手すりが付いた構造になっている。

爽良は天井に手が届く位置まで上ると、ずれた天井板をゆっくりと持ち上げ、奥へずらした。

振り返ると、礼央がこくりと頷く。

それから、おそるおそる屋根裏を覗き込んでみたものの、中は真っ暗でなにも見えず、ただ、奥の方には、天井からかすかに光が漏れている箇所があった。

その辺りだけ、剝き出しの梁や、埃が舞い散る光景がぼんやりと見える。

「入れそうだけど、暗くて中の様子が全然わからない……。でも、奥には天窓がありそう」

「天窓……？　ちょっと待って。懐中電灯探してくる」

「ううん、携帯のライトがあるから」

「そんなのじゃ危ないよ。すぐ戻るから絶対動かないで」

「……ありがとう」

「絶対に、動かないでね」

礼央は強めに念を押し、部屋を後にした。

爽良はひとまず脚立のステップに腰を下ろす。

そして、思った以上に大掛かりだった秘密基地の正体に、改めて驚いていた。

屋根裏を秘密基地にするなんて、まるで絵本の中の世界だ。悠真くらいの年の子供なら、喜ばないはずがない。

庄之助は、外で遊ぶことのできない悠真のことを思って、楽しめる場所をできるだけ身近に作ってあげたかったのだろう。

やはり、人への愛情が深い人だと爽良は思う。

家族であるにも拘らず、会うことができなかった十年以上の期間が惜しまれてならなかった。

鳳銘館にいると、庄之助と関わった人たちの記憶に触れる瞬間がたびたびある。

それはなんだか嬉しく、不思議と誇らしく、そして寂しくもあった。

「いいな。……秘密基地を作ってくれるおじいちゃん」

つい零(こぼ)れるひとり言。

その瞬間、――ふいに、背後から視線を感じた。

まるで背中を刺すような強烈な存在感に、肌が一気に粟立(あわだ)つ。

部屋の空気はみるみる冷え、掴(つか)んだ手すりは氷のように冷たい。

爽良は嫌な予感を覚えながらも、不安に駆られておそるおそる振り返った――瞬間。

開いた天井板の隙間から、どろりと濁った目が爽良を捉(とら)えた。

『う　そ　つき』

不自然に途切れ途切れの声が、静まり返った部屋に響く。

爽良の思考は恐怖で固まり、言葉の意味を考えるどころか、声を出すことすらできなかった。

やがて、天井の隙間から、爽良に向かってカタカタと震える細い腕が伸ばされる。

それは、身動きの取れない爽良の目の前でピタリと止まった。

そして、――突如、思いきり爽良の腕を掴んだかと思うと、一気に屋根裏へと引っ張り上げられた。

「っ……！」

抵抗はおろか、悲鳴を上げる隙すら与えられなかった。

なにが起きたのかわからないまま、爽良は真っ暗な場所に体を投げ出され、背中を激しく打ちつける。

　突き抜ける痛みに、一瞬呼吸が止まった。

　しかし、なにかが体の上に覆い被さるような気味の悪い感触を覚え、無理やり意識を保つ。

　目を開けても、周囲は真っ暗でなにも見えない。ただ、すぐ目の前から冷えきった気配だけがはっきりと伝わってきた。

　強く摑まれた腕が、じんと痺れている。

　これは悠真だと、それだけは確信していた。

　ただ、怒っているのかと思いきや、悠真から伝わってくるのは、怒りとは少し違う感情。

　それは、礼央が言い淀むのも無理はない、さまざまな思いが絡み合った複雑な感情だった。

「ゆう、……ま、くん」

　名を呼ぶと、腕に触れる指がかすかに動く。

　声が出ることは、唯一の幸運だった。

　ただ、まるで酸素の薄い場所にいるかのように、ひと言口にするたび胸が潰れそうな程の痛みが走る。

　爽良は必死に浅い呼吸を繰り返し、目の前にいるはずの悠真に語りかけた。

「私、星のブレス、レットを……、渡、しに……」

渡せばきっと落ち着いてくれるはずだと、爽良は込み上げる恐怖に堪えながらそう伝える。

しかし。

『うそ　つ　き』

ふたたび響く、抑揚のない声。

「嘘じゃ、ない……。ポケットの、中に……」

『う　そを』

「悠真、くん……」

『　う』

「……っ」

呼吸がうまくできず、爽良の思考が真っ白になる。

なんとかブレスレットを渡したいのに、押さえつけられた体はビクともしない。

やがて、恐怖と混乱で限界を迎えた意識が徐々に遠退いていく。

今は堪えなければと必死に抗ったものの、それは有無を言わせない勢いで爽良から意識を奪い取った。

『うそ　つき』

曖昧になっていく意識の中、ふたたび響く悠真の呟き。――しかし。

『おか　あさん　の　ぅそ　つ――』

――お母、さん……？

意識を手放す寸前、最後に聞こえた悠真の呟きが、爽良の心の奥にいつまでも余韻を残した。


目を開けたとき、爽良はやけに明るい場所にいた。

建物の中のようだが見覚えはなく、その部屋は天井も壁も真っ白で、かすかに消毒液の匂いが漂っている。

まるで見下ろしているような視点の高さから、爽良は漠然と、まだ夢の中にいることを察していた。

ただ、夢にしては妙にリアルで、伝わる空気感は現実とそう変わらない。

この奇妙な感覚に、爽良は心当たりがあった。ここはおそらく他人の意識の中であり、今見ているのは誰かの記憶だと。

とても常識外れな話だけれど、実際、爽良はここ最近で何度もこの感覚を経験していた。

だとすると、経験上、これから見るものはおそらく重要な内容。緊張しながら辺りを見回すと、徐々に部屋の様子がはっきりと浮かび上がった。

部屋にあるのは、ベッドに、テレビに、小さな棚。そして、窓辺に飾られた花と、簡素な丸椅子。

ベッドには、たくさんのチューブや点滴が繋がれた女性が横たわっていた。

どうやら病室らしいと察すると同時に、ベッドの傍にぼんやりと姿を現したのは、幼い少年。

その姿を見た瞬間、爽良は、その少年が悠真だと察した。つまり、ここは悠真の意識の中なのだと。

というのも、悠真は鳳銘館に引っ越してくる前に母親を亡くしたと御堂から聞いている。

つまり、横たわる女性は、悠真の母親なのだろう。

悠真の母親はずいぶんやつれていて顔色も悪く、二人の別れが近いことが伝わり、爽良の胸がぎゅっと締め付けられた。――そして。

「――悠真。お母さんに、あの絵本を取って」

ふいに響いた、穏やかな声。

しかし、悠真は母親の腕にしがみついたまま、首を横に振った。

「お母さんの秘密を教えてあげるから、お願い」

母親は優しく悠真を宥め、そっと頭を撫でる。しかし、もはや腕を上げることすら辛そうで、動くたびに表情を歪めていた。

悠真は渋々立ち上がると、棚の上に置いてあった絵本を手に取り、ふたたび母親の傍へ戻る。

すると、母親は震える手でページを捲(めく)った。

「見て。ここに、お別れしたら星になるって書いてあるでしょ？」

「……うん」

「だから、お母さんも天に昇って星になるのよ」

死んだら星になるという話は、幼い子供に死を説明するときによく使われる。爽良もまた、母方の祖母が亡くなった幼い頃、同じように聞かされた。

すでに様々な霊たちの姿が視えていた爽良にとって、その話を受け入れるのは少し難しかった。

ただ、そうであればいいのにと願った気持ちは、今もはっきりと覚えている。

悠真は半信半疑といった様子で、母親をじっと見つめた。

「でも、星なんて見えないよ」

「夜になれば、お空にたくさん見えるでしょ？」

「……たくさんなんてない。夜になってもお外が明るいから、僕の家からじゃちょっとしか見えないってお父さんが言ってた。だから、お母さんが星になっても、僕には見付けられないかも」

悠真の声には、徐々に涙が混ざる。

それでも必死に堪(こら)えている様子は、胸に込み上げるものがあった。

母親はそんな悠真の頭をそっと撫で、優しく微笑む。

「だったら、……もっとたくさん食べて、元気になって手術をしないとね。悠真の病気が治ったら、満天の星が見えるところにお父さんが連れて行ってくれるから」

「そんなの、どこにあるの？」

「星が綺麗なところは、たくさんあるのよ。お母さんはずっと悠真のことを見ているから、悠真もきっとお母さんを見付けてね」

「本当に僕にも見付けられる？」

「もちろん。お母さんが嘘をついたことなんてある？」

母親の顔を見つめ、悠真は首を横に振る。

母親が口にした「星になった自分を見付けてほしい」という言葉は、おそらく、体が弱くなかなか手術ができない悠真の病状を心配し、元気になってもらうために言ったものなのだろう。

ただ、——無慈悲にも、その願いは叶わない。現実はなんて残酷なのだろうと爽良は思う。

やがて、視界がぼんやりしはじめ、爽良は意識が戻ることを察した。

徐々に思考も曖昧になっていく中、さっき悠真が口にしていた「おかあさんのうそつき」という言葉が、心に重く響いていた。

真っ暗な中で、爽良は目を覚ました。

少しずつ慣れていく目で辺りを見回すと、奥に見えたのは、小さな丸い天窓からかすかに月灯りが差し込む幻想的な光景。

一瞬、まだ夢の中にいるのではないかと思った。

けれど、肌を刺すような冷たい空気が、これは現実だと訴えている。

ゆっくり上半身を起こすと、いたるところがじんじんと痛んだ。おそらく、さっき体を床に酷く打ちつけたせいだろう。

爽良は、天窓から差し込む今にも雲に覆われそうな頼りない月灯りを頼りに、周囲を確認した。

徐々にわかってきたのは、そこが、十畳はゆうにありそうな仕切られた空間であること。

屋根裏であることは確かだが、周囲は雲の絵柄の板で囲まれ、天窓の下に置かれた机には絵本が積み上がり、いたるところにクッションやぬいぐるみが並んでいたりと、まさに子供部屋の様相をしている。

「ここが、秘密基地……」

どこを見ても、悠真に対する深い愛情が滲み出ていた。

管理日誌によれば庄之助が作ったようだが、天井板を抜いて作った入口はもちろん、天窓まで付いているとなると、かなり本格的に設計されたことが窺える。

傍にあった小さな木製の椅子に触れると、角はすべて丸く加工され、丁寧に手作りされた形跡が見て取れた。

おそらく、この部屋に置くために、子供が触れても安全なようにと考えられたものなのだろう。

ただ、爽良はその椅子に触れた瞬間に、小さな違和感を覚えていた。

ここが最後に使われたのは少なくとも五年前だというのに、椅子にはあまり埃（ほこり）が積もっておらず、五年という時の流れが感じられない。

ふと、庄之助は悠真が亡くなった後もときどきここに来て、手入れをしていたのではないかと爽良は思った。

愛情深い庄之助のことだから、悠真が浮かばれずにいることに心を痛め、居場所を守り続けていたのではないかと。

そう考えると、脚立が片付けられないまま部屋に残っていた理由もしっくりくる。

けれど、そんな庄之助はもうこの世にいない。

悠真は大切な人と別れてばかりなのだと、そう考えると胸が苦しくなった。

そのとき、月が隠れたのか屋根裏は突如闇に包まれ、考え込んでいた爽良はふと我に返る。

同時に、礼央の存在を思い出した。

さぞかし心配しているだろうと、爽良は手探りで入口を捜す。

けれど、天井板はいつの間にか閉じられていて、ただでさえ精巧に作られた継ぎ目を、この暗さで見つけることは困難だった。

それでも、爽良は必死に床を探る。

そして、ようやくかすかな凹凸が指先に触れた、そのとき。

突如、コツンと小さな音が響いた。それは、床の上になにかが転がり落ちるような、軽くささやかな音だった。

しかし、まるでそれが合図であるかのように、辺りの空気がたちまちピリッと張りつめる。

全身の肌が一気に粟立ち、爽良は動きを止めた。

なにも見えないけれど、近くから感じられるのは、これまでにない程の強い気配。

「悠真くん……？」

名を呼ぶ声は震えていた。

返事はないが、その気配が悠真であることは確実だった。

爽良は固唾を呑んで悠真の反応を待つ。――すると。

ふたたびコツンと音が響き、爽良の目線の先で、なにかがぼんやりと光った。

それは、ゆっくりと転がってきて、目の前でぴたりと止まる。見れば、まるで蛍の光のような、朧げな光を宿していた。

吸い寄せられるように手に取ると、それは小さい割に重みがあり、ひんやりと冷たい。

つるりとした感触は、おそらくガラスだ。

これはビー玉だ、と。そう思い当たると同時に、爽良のすぐ傍で同じような光がもうひとつ灯る。

とても弱い光なのに、不思議と、まるで自身の存在を主張しているかのような力強さを感じた。

ただ、それは爽良が手にしたビー玉とは少し違い、複雑な形をしている。

「これ……、星の形……」

つい零れるひとり言。

そして、星の形だと気付いた瞬間から、爽良は強い既視感を覚えていた。

光っているのはおそらく、談話室のリースに巻き付けられていた、星の形のオーナメント。

光る素材ではないはずだが、まるでそれ自体に命が宿ったかのように、中心でゆらゆらと光を揺らしている。

爽良はただ呆然とその不思議な光を見つめていた。

すると、まるでそこから伝染していくかのように、爽良の周囲で次々と同じ光が灯りはじめる。

それらはたちまち数を増やし、屋根裏は、あっという間に数えきれない程の光で溢れた。

見れば、光っているものはすべて、ビー玉やオーナメントのようなキラキラしたものばかりだった。

形はいろいろあるが、星を象(かたど)っているものが圧倒的に多い。

おそらく、すべて悠真が集めたものなのだろうと爽良は思った。生前はもちろん、亡くなってもなお、悠真はキラキラしたものに強く執着していたからだ。

そして、爽良には、もう一つ気付いたことがあった。

それは、その光るものたちの、特徴的な配置。

一見、なんの規則性もなく無造作に置かれているようだが、爽良はその中に見覚えのある形を見付けていた。

「これって……、オリオン座……？」

連続して並ぶ三つの星と、それを取り囲むように並ぶ四つの星。

それは、はじめて天体を習った小学生の頃、一番最初に知った、もっとも有名な星座のひとつだ。

まさかと思い辺りを見渡せば、カシオペア座や北斗七星もある。

「ここに……、星空を作ってるの……？」

思い付くと同時に、頭に蘇(よみがえ)る、悠真の母親の言葉。

〝――お母さんはずっと悠真のことを見ているから、悠真もきっとお母さんを見付けてね〟

それは、悠真に元気になってほしい、生きてほしいという切実な願いをかけられた言葉だったはずだけれど、悠真は結局手術に適応する体力をつけられないまま、発作で亡くなってしまった。

悠真はおそらく、今も母親に会いたい一心で、見ることの叶(かな)わなかった満天の星を求めているのだろう。

浮かばれていれば母親と同じ場所に行けたはずなのに、母親の言葉を信じ続けてこの世に留(とど)まってしまうなんて、あまりにも皮肉であり、健気(けなげ)だった。

それも悠真の純粋さが招いたことだと思うと、胸が苦しい。

屋根裏に広がる星空は、美しく、けれど寂しげに光を揺らしていた。

ひとつひとつをどんな思いで集めてきたのか、爽良には想像もできない。

ただ呆然と見つめていると、やがて、天窓の下にぼんやりと小さな人影が浮かび上がった。

その小さな影は、華奢(きゃしゃ)な体でぺたんと床に座り、深く俯(うつむ)き手元の星を弄(もてあそ)んでいる。

悠真だ、と。認識した途端、辺りの空気が一段と冷え、爽良の心にたちまち緊張が走った。

『うそ　つい　た』

悠真は近くにある星に順番に触れながら、小さく唸(うな)り声を上げる。

途切れ途切れの声が、静まり返った屋根裏の空気を小さく震わせていた。悠真の気配はみるみる存在感を増し、悲しみや苦しみで澱んでいく。

伝えてあげるべきことがたくさんあるはずなのに、胸が詰まってなかなか言葉にならなかった。

やがて、悠真は細い首が折れてしまいそうなほどに深く俯き、――突如、傍にあった星のひとつを指先で弾き飛ばす。

突然のことに、爽良は驚き目を見開いた。

星は壁に激しく衝突して跳ね返り、爽良の目の前で動きを止める。

それは、小さなビー玉だった。しかし、深い亀裂が入っていて、灯していた光が、まるで死んでしまったかのように徐々に弱まっていく。

「どうしてそんなこと……」

爽良はビー玉を拾い上げ、思わずそう呟いた。

しかし、悠真はふたたび傍にある星を摑むと、思い切り床に打ちつける。

まるで悲鳴のような甲高い音が響くと同時に、小さな破片が舞った。

「悠真、くん……？」

『うそ　だっ　た』

響き渡る、抑揚のない声。

長い年月、心の中で練り上げられた虚しさが、苦しい程に伝わってくる。

もしかすると、悠真は自分で作った星空では願いが叶わないことを薄々察しながら、葛藤を続けていたのではないだろうかと、ふと思った。

七歳の子供の心情はわからないけれど、もしかすると、自分で星空を作れば母に会えるはずだと純粋に信じられる程、幼くないのかもしれない。病気を患い、普通の子供よりも命と向き合っている悠真なら、尚更。

とはいえ完全に否定できる程大人でもなく、だからこそ、母親に会うことを願って星空を作り、会えないことを嘆いて壊すという繰り返しをしてきたのではないかと、爽良は思った。

それが、どれだけ苦しく終わりのない作業だったか、とても計り知れない。

壊したビー玉を握る悠真から伝わってくるのは、怒りというよりは、絶望に似た感情。

爽良はたまらない気持ちで悠真を見つめる。すると。

『ずっと　みてる　って　いった　のに』

悠真はそう呟きながら、どろんと濁った目を爽良に向けた。

幼くして酷く打ちのめされた表情に、背筋がゾクッと冷える。

けれど、そのときの爽良の心の中には、恐怖よりも、この子をなんとか救ってあげられないだろうかという気持ちの方が勝っていた。

「私は、……ずっと、見てくれてると思うよ……」

込み上げた思いが、なかば無意識に零れる。

悠真の首がカクンと動き、疲れきった目が爽良に刺さった。

『うそ　つ　き』

震える語尾から、憤りが伝わってくる。

けれど、爽良はその場凌ぎに慰めの言葉をかけたつもりではなかった。

「嘘じゃ、ない……。悠真くんのお母さんは、ずっと見て――」

言い終えないうちに、オリオン座を象る星のひとつが激しい音を立てて爆ぜた。

粉々になった破片が飛び散り、周囲一帯でパラパラと音を立てる。

慌てて顔を覆ったものの、怒らせてしまったことに焦り、爽良は誤解を解くためすぐに顔を上げた。――そのとき。

ついさっきまで離れた場所にいたはずの悠真と、間近で目が合った。

「ゆ……」

突然のことに、爽良は言葉を失う。

悠真はすっかり硬直した爽良の両腕にしがみつき、強い憤りの揺れる目で爽良の顔を覗き込んだ。

『ほし　なんか　ない』

絶望にまみれた呟きが、重く響く。

『ない　のに　どうして　見てるなんて　いうの』

あまりの恐怖に、一瞬、意識が曖昧になった。

しかし、そのとき。爽良はふいに、ずっと淡々としていた悠真の口調にわずかな感情が宿っていることに気付く。

もしかして、悠真の心の奥に触れられたのではないかと、爽良は無理やり恐怖を抑え込み、悠真の目をまっすぐに見つめ返す。

「星は、ちゃんと、あるよ……」

『星なんか、ない』

腕を摑む悠真の手に、力が籠った。

それは、とても子供のものとは思えない程に強い力だった。

触れたところから、これ以上ないくらいの切実さが伝わってくる。

口でははっきりと答えを出していながらも、まるで、否定してほしいと訴えているかのような。

そう思うと、不思議と、爽良の恐怖や迷いが曖昧になった。

「悠真、くん」

『……星なんて見えない。だから、お母さんは僕のことも見てない。一回も見えたことないから。お母さんは……、お母さんは、嘘つきだ』

悠真は人形のように表情のない顔で、あえて自分を痛めつけるかのように、痛々しい言葉を次々と紡ぐ。

爽良は居たたまれない気持ちになって、なかば衝動的に、悠真の体をそっと抱き寄せた。

氷のように冷たい感触が、無性に悲しい。

「そんなこと、ないよ……。だって、目に見えなくたって、昼も夜も、星はずっと空にあるもの……」

そのとき、爽良が朦朧とした頭で思い出していたのは、子供の頃、毎晩のように礼央から聞いた、星の話。

当時の礼央が語ってくれたのは、どれも御伽噺とは真逆の学術的な話だったけれど、それでも、聞けばいつもワクワクした。

「……たとえ、こっちからは見えなくても、星からはきっと、こっちが見えてたんじゃない、かな……。だって、東京って、宇宙から見ても、とても明るいんだって、昔、礼央が言ってたから……」

ふいに、悠真の指先がピクッと反応する。

言葉がきちんと届いているのだと、爽良は思った。

「……だから、悠真くんが空を見上げたとき、には……、いつも、ちゃんと、お母さんと目が合ってたんだと、思う……」

そう言った瞬間、悠真は突如、空を見上げた。

天窓から見える空はどんよりと曇り、月はすっかり雲に隠れてしまっているというのに、悠真はまるで満天の星を見ているかのように目を見開く。

――会えたのではないかと、爽良は思った。

明るすぎる東京の空を眺めながら、何度も絶望してきたはずの悠真は、この曇り空に母親の面影を見つけられたのではないかと。

やがて、氷のように冷たかった悠真の体が突如ほんのりと熱を帯び、ぼんやりと光りはじめる。

そして、悠真は空を見上げたまま、ゆっくりと立ち上がった。

同時に、床に散らばっていた星たちが、順番に光を消していく。

「悠真、くん……？」

徐々に闇が深くなり、爽良は不安になって悠真の手を引いた。

すると、悠真は爽良に視線を向ける。

『もう、……この星、いらない、みたい』

その表情は、これまでのことが嘘のように柔らかかった。

呆然と見入っていると、悠真はふいに爽良から離れ、天窓の真下に立つと、振り返って爽良に手を振る。そして。

『だから、――返すね』

そう呟くと同時に、どこからともなく、ザラザラとなにかが雪崩れる音が響いた。

暗闇の中ではなにが起きたのかわからず、爽良は戸惑う。

「悠真く……」

名を呼びかけたものの、悠真の姿はもうなかった。

冷え切っていた空気が、ふっと緩む。

その瞬間、床からガタンと大きな振動が響き、同時に強い光が差し込んできた。

眩しさに顔を覆うと同時に、よく知る体温が手首に触れる。

「爽良……！」

まだチカチカする目を無理やり開けた途端、いつになく焦りの滲む礼央の目に捉えられた。

爽良は一気に現実に引き戻される。

「礼央……？」

「怪我は」

「多分ない……けど……」

「なかなか来られなくてごめん。上から妙な気配が漂ってたのに、どうしても天井板が外れなかった」

「あの……、あれからどれくらい時間経った……？」

「俺が戻って五分くらい」

ずいぶん長い時間屋根裏にいた気がしていたけれど、実際は五分程度の出来事だったと知り、爽良は驚く。

「たった五分……」

「それより、悠真くんの気配がないけど、なにかあった？」

礼央からそう尋ねられ、爽良は咄嗟に辺りを見回したものの、確かに悠真の気配はもうなかった。

それも、隠れたというよりは消滅してしまったという表現がしっくりくる程に、跡形もない。

「もしかして……、お母さんのところに行ったのかも……」

「うん？」

「だって……、返すねって……」

まだ混乱が尾を引いていて、うまく説明することができなかった。

けれど、礼央はとくに追及することなく、手にしていた懐中電灯で屋根裏をぐるりと照らす。

「……すごい散らかってる」

礼央が言う通り、明るい中で見た屋根裏は想像以上に雑然としていた。床に意図的に並べられたガラス玉たちも、もし光っていなかったなら、星座だとはとても気付けなかっただろう。

「これ……、悠真くんが作った星空なの。ここからじゃあまり星が見えないから、星になったお母さんに会いたくて、それで……」

言葉にすると、健気な悠真の思いがより切なく感じられた。

胸が苦しくなって口を噤むと、礼央は爽良の髪をくしゃっと撫でる。

「言われてみれば、そうだね。あそこにあるの、オリオン座でしょ」

「……うん」

「一等星と二等星でガラス玉の大きさを変えてるあたりにこだわりを感じる」

「……相変わらず、詳しいんだね」

「爽良も好きだったでしょ」

そう言われた瞬間、脳裏に実家のベランダから眺めた星空が浮かぶ。

大きな星しか見えなかったけれど、晴れていればオリオン座やカシオペア座など、有名な星座を見つけることができた。

「うん。……宇宙から見た東京が明るいって教えてくれたのも、礼央だったよね」

「多分。人工の光が宇宙を照らしてるなんて不思議だなって思って、爽良に話した気がする」

話しているうちに、地球に光が届くまでに途方もない年月がかかることや、夏の大三角の見付け方など、夢中になって語る礼央の横顔が記憶を掠(かす)めた。

「……少し、思い出した」

「そういえば、オリオン座のベテルギウスはもう寿命で、いずれ消えちゃうかもしれないんだって」

「今も好きなの？」

「ずっと好きだよ」

そう言う礼央の表情は、珍しいくらいに穏やかだった。

爽良は今更ながら、礼央と重ねてきた長い年月には、自分で認識する以上に多くの思い出があることを実感する。

ただ、どれもあまりに曖昧で、思い出そうとしてもなかなか上手くいかない。

これまでは、自分の過去を振り返ることをあえてしてこなかったけれど、礼央の表情を見ていると、なんだか、すべて思い出してみたいという欲求に駆られた。

その気持ちに応えるかのように、突如、脳裏に過ったのは遠い日の記憶。

『爽良、あのブレスレット――』

突如頭の中で再生されたのは、少し幼さの残る礼央の声。ただ、その続きはどうしても思い出せなかった。

考え込んでいると、礼央がふと屋根裏の一箇所を照らして首をかしげる。

「……なんだろ、あそこ」

見れば、壁際で箱が倒れていて、中身が床に散らばっていた。おそらく、悠真がこれまでに集めたものだろう、どれも懐中電灯の光をキラキラと反射している。

爽良はふと、悠真との別れ際に響いた、なにかが雪崩れるような音を思い出した。

「あの中に、なにかがあるのかも……」

なんとなくそんな予感がして、爽良たちは顔を見合わせ、足元に注意しながら箱の傍へ移動する。

ひとまず辺りに散らばったものから確認してみると、ビー玉やら貝殻など、やはり、すべて悠真のコレクションらしい。

その他にも、キーホルダーをはじめ瓶の王冠や飾り付きのフォークまで、キラキラしたものがたくさんあった。

「これ、悠真くんが持って来ちゃったものだよね……。さっき返すって言ってたけど、このことだったのかも……」

「なるほど。まあ、これだけあっても貴重な物はあまりなさそうだし、気付いてない人も多いと思うけど」

「……あれ？」

そのとき、ふと目に留まったのは、妙に見覚えのある小さなチャーム。

手に取ってみると、それは銀色で、ツバメの形をしていた。

「これ……、ロンディの首輪に付いてるチャーム……」

「そういえば、首輪になにか付いてた気がする」

思い出したのはいいが、爽良がチャームの存在に気付いたのはつい昨日の話だ。

悠真はいつの間に持ってきたのだろうと不思議に思いながら眺めていると、ふと、違和感を覚える。

「これ、すごく似てるんだけど……、ロンディが首輪に付けてたものとは、向きが逆かも……」

ツバメのチャームには裏表があり、表には小さな目が描かれているが、ロンディが付けていたものは左向きだった。

昨日見たばかりの爽良は、それを鮮明に覚えている。

一方、今見付けたチャームは、ツバメが右を向いている。どうやら同じものではないらしい。

「なら、二つで一つになるデザインなのかもね」

礼央がそう言ったとき、爽良の頭にひとつの可能性が過った。

「……だとしたら、もしかしてこれ、スワローの……」

ロンディとお揃いのものを付けるとしたら、スワロー以外に考えられない。すると、礼央がなにかを思い付いたようにチャームに触れた。

「そういえば、ツバメって英語では『スワロー』、イタリア語では『ロンディネ』だった気がする」

「スワローと、ロンディネ……？　なら、あの子たちの名前って、ツバメが由来だったんだね」

ふと、すごい剣幕で悠真を追っていったスワローの姿が脳裏に過る。

なぜあんなにも怒るのだろうとずっと不思議だったけれど、これがスワローのものだと考えると、それも納得だった。

おそらく、スワローにとってとても大切なものなのだろう。

「これ、スワローに返してあげなきゃ……」

「そうだね」

「でも、礼央から返してもらった方がいいかも……」

つい怯(ひる)んでしまったのは、スワローに嫌われている自分が返すよりも、懐かれている礼央が返した方が素直に受け取るのではないかという思いからだった。

しかし、チャームを差し出す爽良の手は、そっと押し返される。

「そんなことない。喜ぶよ」

「……そう、かな」

「大丈夫」

納得はいかないけれど、爽良は礼央が受け取ってくれなかったツバメのチャームをポケットに仕舞う。

そして、念の為、悠真のコレクションの中に他にも誰かの貴重品は交ざっていないか二人で確認したけれど、それらしきものは見当たらなかった。

「……ないね。少なくとも、庄之助さんの大切なものはここにはなさそう」

礼央の言葉に、爽良は頷(うなず)く。――けれど。

「だけど……、ある意味、かけがえのないものだったとは思う。悠真くんとの思い出も、キラキラしたものを並べた星空も。……むしろ、この屋根裏ごと全部」

なかば無意識にそんな思いを零(こぼ)した瞬間、箱の中を探る礼央の手が止まった。

間近から深い色の瞳に見つめられ、爽良は戸惑う。

「ごめん、なんか今、変なこと言ったかも……」

「いや、やっぱり孫なんだなって思っただけ」

「うん……？」

「なんでもない。てか、そろそろ戻ろう。御堂さんが捜してたら面倒だから」

「え、礼央……」

爽良は続きを聞きたかったけれど、礼央はあっさりと話を切り替え、入口まで戻って手招きをする。

爽良は礼央に支えられながら脚立を下り、部屋へ戻った。

ずっと暗い場所にいたせいか、蛍光灯の灯りは刺激が強く、爽良は壁にもたれかかってしばらく目を閉じる。

そして、ふと目を開けた、そのとき。

いつの間に現れたのか、目の前には爽良を見上げるスワローの姿があった。

『グルル……』

不機嫌なのはいつも通りだが、やはり唸られてしまい、爽良はビクッと肩を震わせる。けれど。

「爽良、さっきのツバメ」

屋根裏から礼央に声をかけられ、慌ててポケットを探った。

「ス、スワロー……、あの、こ、これ……」

指先は、目で見てわかる程に震えていた。

スワローは表情を変えることなく、爽良とチャームを交互に見つめる。

そして、じりじりと近寄り、睨みつけたまま爽良の手に鼻先を寄せると、ツバメのチャームをそっと咥えた。

思いの外穏やかな仕草に、爽良は逆に戸惑う。

さらに、スワローは爽良の手にほんのかすかに鼻先を擦り寄せた。

まさかの出来事に、爽良は放心する。一方スワローはすぐに踵を返し、音もなく去って行った。

呆然と佇んでいると、屋根裏から下りてきた礼央が肩に触れる。

「喜んでたね」

「……喜んで、たの……？」

「うん」

礼央程ポジティブには考えられないが、確かに、いつものような剣幕はなかったように思えた。

スワローが手に触れたときの柔らかい感触が、いつまでも余韻を残している。

「もしかしたら……、いつか、仲良くなれたりするの、かな……」

「うん。ロンディが爽良のこと大好きだし、多分」

曖昧（あいまい）な根拠なのに、礼央に言い切られると不思議とそう思えた。

すると、礼央は、いまだぼんやりしている爽良の背中を押す。

「とりあえず、一件落着だね」

「……うん」

「戻ろう」

三〇四号室を出ると、正面の窓から、この季節にしては珍しいくらいにたくさんの星が見えた。

爽良は思わず窓辺に立ち止まり、空を見上げる。

「不思議。さっきまですごく曇ってたのに」

「悠真くんは、星空を作るのが上手（うま）いから」

さらりと呟（つぶや）いた礼央の言葉に、爽良は妙に納得する。

そして、悠真が母親との再会を果たしていることを、心から願った。


「……そういえば、例のブレスレット、結局渡さなかったんだっけ」

部屋に戻りながらふいにそう言われ、爽良はポケットの中からおもちゃのブレスレットを取り出した。

「うん。必要なくなっちゃったから」

「そう。よかったね」

よかったねの意味がよくわからず、爽良は前を歩く礼央を見上げる。

しかし、礼央はそれ以上なにも言わず、むしろ今の会話なんてなかったかのように先へ進んだ。

おそらく、このブレスレットを手に入れたときの爽良は、礼央がいまだに気にかけるくらいに喜んでいたのだろうと爽良は思う。

その日のことを聞いてみたい衝動に駆られたけれど、ただ、そのときの爽良には、自分の力で思い出したいという気持ちが芽生えていた。

おそらく、大切に持っておくべき思い出は、自分が思っているよりもたくさんあるのだろう。

多くが礼央との時間であることは確かだが、今はそのほとんどを礼央だけが持っている。

日々怯えて暮らしていた爽良は、すべての思い出を一括りに怖ろしいものとして蓋をしてしまっているからだ。

爽良は、ここで礼央と過ごしながら、それをひとつひとつ取り戻していければと思っていた。

それだけではなく、恐怖に支配されていた記憶を温かいものにしていきたいという思いが、少しずつ強くなっている。

今の爽良には、不思議とそれが叶うような気がしてならなかった。少なくとも、逃げることに必死だった自分はもういないのだからと。

「紗枝ちゃん、これ、預かってた髪留め」

数日後。

梅雨の中休みか空は雲ひとつなく晴れ、爽良が庭に出てロンディと遊んでいると、ふいに紗枝が姿を現した。

紗枝は禍々しい気配をすっかり払拭した今も、爽良が怖がらないようにという気遣いからか、いきなり近寄ったりせずに、遠くからじっと様子を窺っている。

爽良はポプラの木の下のベンチに紗枝の姿を見つけると、髪留めをポケットから出して紗枝に見せた。

「こっちにおいでよ。お話ししよう」

すると、紗枝は鮮やかな水色のワンピースをひらひらと揺らしながら近寄ってきて、爽良の服の裾をきゅっと握る。

しかし、紗枝は爽良が差し出した髪留めを受け取らず、ゆっくりと首を横に振った。

『あげる』

「え……？」

『……あげる』

二度目はまるで照れ隠しのように語調が強くなった。

思いもしなかった言葉に、爽良は驚く。

「私に……？　いいの……？」

『うん』

「……嬉しい。ありがとう」

握りしめると、紗枝は爽良の腕にぎゅっと抱き付いた。

普通の女の子となにも変わらないと、爽良は改めてそう思った。

「紗枝ちゃんも、星が好き……？」

問いかけると、紗枝はこくりと頷く。

「私も紗枝ちゃんくらいの頃は星が好きだったんだよ。……おぼろげにしか覚えてないんだけどね。大切な思い出のはずなのに、どうして忘れちゃうんだろう」

最後は、まるでひとり言のようにぽつりと庭に響いた。

すると、紗枝が爽良の腕をぎゅっと引く。

『大切だから、——上手に隠しすぎて忘れるの』

「え……？」

少し大人びた口調に驚き視線を向けたものの、すでに紗枝の姿はなかった。

他の霊たちもそうであるように、紗枝も姿を現していられる時間には限りがあるらしい。

「大切だから、上手に隠しすぎる、か……」

思わず繰り返すと、かすかに紗枝の気配が混ざる風が、爽良の髪を掬い上げた。

そのとき、爽良の足元で大人しく座っていたロンディが、突如耳をぴんと立て、勢いよく体を起こす。

「ワン！」

嬉しそうなロンディの視線の先にあったのは、御堂の姿。

御堂は駆け寄ってきたロンディを撫でながら、爽良と目が合うとにっこりと笑った。

「爽良ちゃん、お疲れさま」

「い、いえ、遊んでただけですから」

「いや、ロンディが楽しそうで俺は嬉しいよ。庄之助さんが亡くなった頃はやっぱり寂しそうだったから」

「だったらよかったです」

「ところで、悠真知らない？」

いきなりの質問に、爽良の心臓がドクンと跳ねた。

「え……っと」

もはや隠す必要なんてないはずなのに、御堂を避けていた後ろめたさからか、つい目が泳ぐ。

すると、御堂は腕を組んで目を固く閉じ、考え込む仕草をした。それがあまりに演技じみていて、爽良はつい身構える。

「いや、それがさぁ、突然消えちゃって。どこ捜してもいないから、不思議だなぁって。……爽良ちゃん、なにかした？」

「え？……えっと、……ちょっと話すくらいは、した、かも……」

「ふうん」

「……あの、消えたっていうのは、浮かばれたってことでしょうか……？」

「気になる？」

ニヤリと笑う御堂の顔を見ながら、おそらく御堂はすべて気付いているのだろうと思った。

人が悪いと思いながらも、こくりと頷く。

「留まってた霊がそう簡単に浮かばれるなんてことは滅多にないんだけど、本当に綺麗に気配がないから、もしかしたらそうなのかもね」

「そう、なんですね……」

「違うとすれば、誰かが回収したか」

「回収……？」

「たとえば依みたいな、悪趣味な奴とかが」

依の名前を聞くと、思わず顔が強張る。

すると、御堂は大袈裟に肩をすくめた。

「ま、依が来たわけじゃないなら別になんでもいいんだ、俺は」

御堂はそう言い残すと、爽良に手を振り玄関の方へ戻っていく。

爽良の頭の中では、「回収する」という不穏な響きが、いつまでも回っていた。

依が念や魂を集めているという話は、あまりに常識を逸脱していて、爽良には理解が及ばない。

ただ、たとえば紗枝がその標的になったらと思うと、酷く心がざわめいた。

万が一そんなことが起きた場合、とても取り返せる自信はない。

絶対に鳳銘館に入れないでほしいと言っていた御堂の言葉の切実さを、爽良は今になって強く実感した。

第二章

鳳銘館の住人に会うことは、滅多にない。

部屋は約半分しか埋まっていない上、御堂が言うには、住人たちの中には鳳銘館以外にも住む場所を持っている者や、仕事や作業のために部屋に籠りっきりで、ほとんど顔を出さない者が多いのだという。

あまりに気配がなさすぎて、本当に人が住んでいるのだろうかとときどき疑問に思うことすらあったけれど、部屋ごとに郵便物を仕分けしている玄関ホールのチェストには、頻度は違えど一応回収されている形跡がある。

それで納得するのも変な話だが、爽良にとっては、それが住人たちの気配を感じる唯一の方法だった。

そんなある日のこと。

いつも通り廊下の掃除をしていた爽良は、三階の東側の廊下に差し掛かったとき、ふと違和感を覚えた。

見れば、一番奥の三〇一号室の戸が、かすかに開いている。

爽良は以前丸暗記した入居者名簿を思い浮かべながら、三〇一号室に入居しているのは日比谷剛という四十代の男であることを思い出した。

いくらなんでも無用心だと思った爽良は、声をかけようと、開いた戸の隙間から中を覗き込む。

「日比谷さん……？　いらっしゃいますか……？」

しかし、中はしんと静まり返っていて、人の気配はない。

ただ、部屋の中には予想もしなかった光景が広がっていて、爽良は思わず見入ってしまった。

目を引いたのは、ダイニングルームにずらりと並べられた、たくさんのイーゼル。布がかけられていて中は見えないけれど、おそらく絵画なのだろう、部屋には高校の美術室で嗅いだような油絵具の独特な香りが漂っている。

一方、イーゼル以外には家電どころかテーブルもなく、住居というよりはまるでアトリエのような雰囲気だった。

「日比谷さん……？」

念の為もう一度名を呼んでみたものの、返事はない。

勝手に戸を閉めて戻ろうかとも思ったけれど、絵画の管理としてあえて通気している可能性もあると、爽良は迷った結果そのままにして管理人室に戻った。

そして、改めて入居者名簿を手にし、三〇一号室の日比谷の項目を開く。

それによると、日比谷は画家であり、入居は二年前とあった。

やはり部屋はアトリエとして利用しているようで、月に数度しか顔を出さないと補足されている。

ただ、日比谷に関してそれ以上の情報はなかった。おそらく、入居してからの年月が比較的浅いせいだろう。

もちろん、時折部屋を開け放って風を通しているというような、細かい説明なんてない。

無用心に開け放たれた部屋のことは心配だが、ひとまず本人から事情を聞かないことには勝手なことはできないと、爽良は名簿を閉じて溜め息をついた。

とはいえ、これまで一度も会ったことのない日比谷にいつ会えるのかなんて、予想もできない。

結局、爽良は「お時間があるときに、管理人室に声をかけてください」と記したメモを三〇一号室の戸に貼り、日比谷からの連絡を待つことにした。

しかし、その日、日比谷が管理人室に来ることはなく、夕方に改めて三階を確認したときには戸がすでに閉まっていた。

日比谷があれ以降部屋に戻ったことは間違いないのに、本人は不在であり、戸に貼ったメモもない。

やれやれと思いながらも、戸を閉めてくれたのならとくに問題はなく、爽良は、今回きりならと、気にしないことにした。――しかし。

それから数日が経った、ある日。

爽良は、ふたたび三〇一号室の戸が開いているのを見かけた。

前と同じように中を覗き込んで声をかけてみたものの、返事もなければ気配もなく、爽良は首をかしげる。

こんなことが頻繁にあるのなら、やはり放っておくわけにはいかなかった。

メモを残すより、いっそ名簿に書かれている連絡先に電話した方が早いかもしれないと、爽良がその場を後にしようとした、そのとき。

ふと、布の覆いが滑り落ちている一枚の絵が目に留まった。

そこに描かれていたのは、美しい女性。

髪の毛一本一本まで丁寧に描かれ、遠目に見ると写真と見紛うばかりの写実的な油絵だった。

ただ、その女性の表情に、爽良はなんとも言えない違和感を覚える。

口元には穏やかな笑みを湛えているのに、見ていると妙に不安が込み上げてきて、なんだか落ち着かない。

こんなことは初めてで、爽良はつい女性の絵に見入ってしまっていた。すると、そのとき。

「管理人さんかな？」

突如背後から声をかけられ、爽良はビクッと肩を揺らした。

振り返ると、そこに立っていたのは、ニコニコと笑ういかにも明るそうな男。

状況的に日比谷で間違いなさそうだが、その出立ちは柄物のシャツに白いフレームの眼鏡となんだか妙に派手で、正直、少し胡散臭い印象を持った。

「日比谷さん、ですか……？」

念のため尋ねると、男は頷き、さらに笑みを深める。

「そうだよ。初めましてだね。ところで、君、絵に興味あるの？」

「あっ……、いえ、覗いていたのには理由が……というか、私は管理人の鳳爽良と申しまして、以前管理人をしていた鳳庄之助の孫で――」

「知ってる知ってる。いいから見ていきなよ」

日比谷は爽良の言葉を遮り、少し強引に部屋の中へと促した。

人とのコミュニケーションが得意とは言えない爽良にとって、そのぐいぐいと距離を詰めてくる感じは少し苦手だった。

できれば断りたいところだが、相手が入居者である以上無下にできないし、開けっ放しだった戸のことを話す必要もある。

とにかく早く用を伝えて帰ろうと、爽良は早速本題を切り出そうと口を開きかけた、――ものの。

「ダイニングルームに置いてあるやつはほとんど未完成だから見せられないけど、この奥の部屋にはもっといろんな作品があるんだ。特別に見せてあげるよ」

「あ、あの」

「自分で言うのもなんだけど、こう見えて、僕は結構画家として世間にそこそこ名が知られてるんだよ。まぁ今はほとんど趣味みたいになっちゃったけど、昔の作品は結構な高値が付けられているし」

「日比谷さ……」

「さあ、こっちこっち」

日比谷は強引な上にマイペースで、割って入れるような隙はなかった。

戸惑う爽良を他所に、日比谷はポケットから鍵を取り出し、部屋の戸についた錠の穴に差し込む。

爽良はその光景に驚き、目を見開いた。というのも、貸し出している部屋には、玄関以外に鍵は設置されていない。

「どうして鍵が……」

「この部屋には大切なものが置いてあるからね」

「ご自分で付けたってことですか？」

「そうだけど、もちろん前のオーナーの許可は取ってるよ」

「そう、ですか……」

一応頷いたものの、もし庄之助が許可を出したのなら、名簿にひと言記されていてもおかしくないのにと爽良は思った。

ただ、真実を確かめる方法はもうない。

結局、高値が付くような絵画が置いてあるのなら確かに鍵は必要だろうと、ひとまずそのことは忘れ、促されるまま部屋に足を踏み入れた。

部屋の中には、リビングとは比較にならない数の絵画が、飾られるわけでもなく雑然と並べられていた。

中には、山や空などを描いた風景画や、アンティークの椅子やピアノなどを描いた静物画などがあり、どれも、絵に関してど素人の爽良にすら技術の高さが伝わる程の、見事なものばかりだった。

さっきまでの躊躇いがどこかへ行ってしまうくらいの見応えがあり、爽良はつい無言で眺める。

ただ、人物に風景に静物にと描く対象もそうだが、絵のタッチもまたさまざまで、すべて同じ人物が描いたものとは思えなかった。

「いろんなものを描かれるんですね」

つい気になって尋ねると、日比谷は苦笑いを浮かべる。

「いろいろな葛藤や迷走の時代があってね。高く評価されたのは静物画だけど、僕は人物画しか描きたくなくなって、やめたんだ。売れない作家に逆戻りだよ」

「そうでしたか……」

評価され、せっかく高値がつくようになったものをやめるなんて勿体無いような気がしたけれど、きっと儲けを優先に作品を作るわけではないのだろうと、爽良は日比谷の話に納得した。

ただ、たとえ描きたいものではなかったとしても、日比谷が描く静物画は、見ているだけで不思議と胸がざわめくような存在感があった。

椅子の絵ひとつとっても、その背景にあるストーリーを無意識に想像してしまうくらいに引き込まれてしまう。

「この椅子の絵、すごく雰囲気がありますね……。アンティークっぽいですけど、鳳銘館にあったものですか？」

「いや、静物画をやめたのは鳳銘館に引っ越す前だから違うよ。僕は趣味で西洋のアンティークの家具を集めていて、これは別荘に置いてあるお気に入りの椅子」

「別荘もお持ちなんですね」

「別荘兼、アトリエかな。長野の山奥にある古い洋館なんだけど、鳳銘館に負けず劣らず外観が美しくて、一目惚れして買ったんだ。これまでに収集してきたアンティークの家具は全部そこに置いてあるんだけど、僕にとっては、好きなものに囲まれた夢のような空間だよ。……ま、あまりに不便な場所だから、最近はなかなか行けていないけど」

「なるほど……」

派手な服装からはいまひとつイメージが繋がらないが、日比谷がいかにアンティークのものを愛しているかは、夢中になって話す様子から十分過ぎる程伝わってきた。絵に関してもいえることだが、好きだと思ったものにはかなりの情熱を注ぐタイプなのだろう。

「とはいえ、さっきも言ったように僕の人物画は評価されていないし、昔のように羽振りがよくないから、もうあまり高価なものを買い集めたりはできないんだけどね。ただ、描きたいものだけ描いていられるのは幸せだから、不満はないよ」

日比谷はそう言いながら、床に無造作に立てかけられたたくさんの作品の中から次々と引っ張り出して、爽良に見せてくれた。

どれも素晴らしく、写実的に描かれているからか、見ているうちに日比谷の別荘の様子がリアルに頭に浮かんでくる。

それは、これまであまり芸術に触れてこなかった爽良にとって、とても新鮮な経験だった。

ただ、気付けばずいぶん時間が経っていて、爽良は日比谷を慌てて止める。

「すみません、私そろそろ……、また見せてください」

すると、日比谷はわかりやすく不満げに眉を顰めた。

「もう戻るの？　もう少しくらい大丈夫でしょ……？　まだまだ見せたいものが沢山あるし、付き合ってよ」

「い、いえ……、仕事が残っていますし」

「たまにはサボっちゃえば？　たいして住人もいないんだし」

「そんなことできません……」

「誰も気付かないって」

まるで子供のような言い方で引き止められ、爽良は戸惑う。

この強引さはやはり苦手だと、改めて思った。

すると、困り果てた爽良の様子にようやく観念したのか、日比谷は渋々といった様子で溜め息をつく。

「わかった。……じゃあ、つまらないから僕ももう行くよ。そもそも、今日は忘れ物を取りにきただけだし」

「そうなんですね……。作品を見せていただいて、ありがとうございました。では、また是非」

「待って待って、僕ももう出るってば。一緒に行こうよ、すぐ用意するから」

日比谷はそう言うと、鍵付きの部屋を出て施錠し、ダイニングルームに置いていたバッグにいくつかの荷物を詰めはじめた。

爽良はやれやれと思いながら、ふと、ずらりと並ぶイーゼルの中で、唯一布が外れている女性の肖像画に目を向ける。

途端に、最初に見たときにも覚えた違和感が込み上げてきた。

「……それは、僕が愛してる人だよ」

ふいにそう言われ、爽良は、知らず知らずのうちにすっかり見入ってしまっていたことに気付く。

「愛してる人、ですか……」

日比谷は少し切なそうに頷いた。

「明里っていうんだ。……実は、ずいぶん前に死んじゃってるから、もう会えないんだけど。……今もまだ忘れられなくて」

その話を聞いた瞬間、爽良は、鳳銘館への入居希望者の多くが、死んでしまった人の魂に再会したいと望んでいるという御堂の話を思い出した。

日比谷もまたそうなのだろうと、爽良は密かに納得する。

「それは、寂しいですね……」

「本当に。……明里はとても美しくて、ただ眺めているだけでも幸せだったよ。肌も陶器のようで……、こんなにも美しい女性が存在するのかって、初めて会ったときに受けた衝撃は、今も忘れられない」

「この絵を見てると、伝わってきます」

「いや……、明里の美しさを表現するにはまだまだ及ばないよ。……声も透き通るようで、名を呼ばれるたびに高揚したなぁ。もう一度、あの声を聞きたいよ……」

好きなものに対して強い執着心を持つ日比谷のことだから、明里に対して、よほどの愛情と情熱を注いだのだろう。

過去に思いを馳せる表情からも、大きな喪失感が伝わってくる。――けれど。

そのときの爽良は、明里のことを語る日比谷を見ながら、なんとなくしっくりこないような、奇妙な違和感を抱えていた。

それは、明里の肖像画から感じる違和感と少し似ている。

ただ、その正体は、考えてもよくわからなかった。

やがて、日比谷が準備を終えると、爽良たちは部屋を後にし、二人並んで階段を下りる。

そして、一階まで下りると、突如、日比谷はなにかを思い出したかのように、爽良の方を振り返った。

「そうだ！　メモをくれていたのに声をかけなくて悪かったね。すっかり忘れていて。話ってなんだったの？」

そう尋ねられ、爽良は今さらながら本題を思い出す。

「あ……、そうでした……。日比谷さんがご不在の間にお部屋の戸を開けっ放しにされていたので、気になりまして」

「ああ、なるほどね。ごめんごめん、ちょっと換気するつもりだったんだけど、そのまま忘れてた。今後は換気の間は部屋にいるようにするよ」

「できれば、そうしていただいた方が」

「ま、金になる絵なんて、鍵をかけてある部屋にしかないんだけどね。……っていうか、管理人さんがこんなに可愛い子に代わっていたなんて、もっと早く知りたかったなぁ。鳳銘館に来る楽しみが増えたよ」

「…………」

ただの軽口だとわかっていても、そういうことを言われ慣れない爽良は、思わず固まってしまった。

日比谷はそんな反応すらも楽しげに笑う。

「本当に可愛いね」

「……からかわないでください」

なんとか返したものの、声は明らかに動揺していた。

思わず距離を取ると、日比谷は困ったように目尻を下げる。

「そんなに嫌がらないでよ。久しぶりに人に作品を見てもらったから、ついテンションが上がっちゃって。馴れ馴れしくてごめんね」

「い、いえ……」

「あ、そうだ。爽良ちゃんに、コレを渡しておこうかな」

唐突に名前で呼ばれたことには戸惑ったものの、そんなことに構う間もなく、日比谷は爽良の目の前に握った手を差し出す。

おそるおそる手を出すと、載せられたのは小さな鍵。

「これ、例の部屋の鍵。爽良ちゃんなら、僕の部屋に自由に入って作品を見てくれていいよ。玄関はマスターキーを持ってるんだよね？」

一瞬、日比谷がなにを言っているのかわからなかった。

ようやく理解すると同時に、爽良は慌てて鍵を押し返す。

「だ、駄目です、そんな理由で預かれません……！　マスターキーだってよほどの事情がないと使いませんし……！」

「いいって。鍵ならもう一本あるし。それに、僕の作品を観てくれる人が誰もいないことは、よほどの事情だよ」

「そういう問題じゃないです……！」

「いいからいいから。持ってて、お願い」

「ちょっと待っ……」

結局、日比谷は鍵を受け取らず、逃げるように玄関を出て行ってしまった。

残された爽良は、しばらく呆然とする。

ふいに気配を感じて振り返ると、廊下の角から、スワローが爽良をじっと見つめていた。

「……スワロー……、どうしよう……」

居たたまれずに声をかけたものの、スワローは、いかにも馬鹿にしているようにフンと鼻を鳴らす。

塩対応は相変わらずだが、用もなく爽良の前に姿を現してくれるようになったのは、悠真の件以降の小さな変化だ。

スワローの首には、ツバメのチャームが揺れている。

現物の方をどこに持って行ったのかはわからないが、おそらく、特別な隠し場所があるのだろう。

「そういえば、スワローもロンディも、名前の由来はツバメだったんだね」

問いかけると、スワローはゆっくりと瞬きをした。

「素敵な名前だよね。渡り鳥だし、旅をするイメージがあるから、庄之助さんは開放感とか自由とか、そういう思いを込めたのかも。そういえば、ツバメが巣を作った家には幸運が訪れるっていうジンクスがあるんだって」

すぐに姿を消してしまうだろうと思っていたのに、スワローは話を続ける爽良をじっと見ていた。

近寄ってきてはくれないが、これまでにない反応がなんだか嬉しい。

ただ、そんなささやかな喜びも、手に握ったままの鍵の感触によって、すぐに現実に引き戻される。

爽良は小さく溜め息をつき、鍵を指先で弄んだ。

すると、そのとき。

「なに、それ」

声をかけられて視線を上げると、いつの間にか、スワローの横には礼央の姿があった。

おそらくウッドデッキで仕事をしていたのだろう、パソコンを小脇に抱えたまま首をかしげている。

礼央の視線の先にあるのは、日比谷の部屋の鍵。

爽良は慌ててそれを背中に隠す。

「こ、これは……、ちょっといろいろあって」

「いろいろってなに」

「あ、でも、今回は霊じゃなくて……」

「その方がよっぽど嫌な予感がする」

不思議と、一理あると思ってしまっている自分がいた。コミュニケーションが苦手な爽良にとっては、明確な目的を持つ霊たちと比べ、日比谷のような人間の方がよほど扱いに困る。

そしてこういう悩みに関する経験値が、爽良には圧倒的に少なかった。

結局、爽良は、なんでも相談してほしいと言ってくれた礼央の言葉に甘えることにし、鍵を礼央に見せる。

「これ、三〇一号室をアトリエとして使ってる画家の日比谷さんが、作品を収納してる部屋の鍵なんだけど……、自由に入っていいって言われて」

「てか、部屋に入ったの？」

「日比谷さんの部屋の戸が開けっ放しだったから、その話をしに行ったら、作品を見ていってほしいって言われて……。断ったんだけど、ちょっと強引な人で。鍵は、返そうとしても逃げるように出て行っちゃって……」

「いや、ちょっと強引なんてレベルじゃないでしょ」

なにも言い返せず、爽良は俯く。

ただ、いくら相手が管理人であっても、初対面の人間に鍵を渡すなんて普通はあり得ないし、礼央がそう言うのは当然だった。

「次に会ったとき、ちゃんと返すよ……」

「ていうか、日比谷さんってどんな人？　名簿見てもいい？」

「名簿なら私も見たんだけど、画家で、部屋はアトリエとして使ってるってこと以外、ほとんど情報がなくて」

「なにそれ、逆に気味が悪いんだけど。……ちょっと来て」

礼央はそう言うと、くるりと踵を返し、談話室の方へ向かった。

戸惑いながら後に続くと、礼央はソファに腰を下ろしてパソコンを開く。

「日比谷さんの下の名前は？」

「えっと……、確か、剛さん」

「画家で、日比谷剛」

礼央はブラウザの検索窓にそう入力し、検索をクリックする。

すると、日比谷のものと思われる情報がずらりと並んだ。

最初に目に留まったのは、ブラウザのサイドに表示される、ネット事典の検索結果の簡易版。そこに掲載されている写真は、間違いなく日比谷だった。

「すごい、ネット事典にも掲載されてるんだ。ある程度名が知られてないと、ここには載らないんでしょ……？」

「うん。ただ、記事は少ないけど」

確かに、実際の記事を開いてみても内容はそう多くはない。

日比谷が話していた通り静物画は高く評価されていたようだが、すべてに目を通したところ、絵画の世界に突然現れ突然消えて行った、時の人という書かれ方だった。

プライベートのことはほとんど掲載されていないけれど、人物の項目に唯一記されていたのは、「最愛の女性と山奥で自給自足生活を送っていた」という一節。

参照元のリンクを辿ってみれば、出てきたのは日比谷のインタビュー記事だった。

絵画に携わる人向けの、かなり専門的なサイトに掲載された小さな記事で、ほとんどが作品に対する情熱をはじめ専門的なことを語る内容だったけれど、余談として、田舎の別荘で最愛の恋人と過ごした日々のことが、いかにも幸せそうに綴られていた。

「そういえば、長野に別荘を持ってるって言ってた。恋人の話もしてたけど、もう亡くなっちゃったんだって……。明里さんっていう女性で、すごく愛してたみたい。部屋で肖像画を見たけど、とても綺麗な女性だったよ」

「インタビューで最愛って言っちゃうくらいだから、よほどだね」

「うん。実際に明里さんのことを話してたときも、そんな感じだった」

礼央はその記事を閉じ、日比谷の検索を続ける。しかし、他は過去に開催した個展の情報ばかりで、それ以上の収穫を得ることはできなかった。

礼央はパソコンを閉じると、ソファの背もたれに背中を預ける。

「会ったこともない人間のことをあれこれ言うのはどうかと思うけど、情報も少ないし、どこか胡散臭い感じする。鍵の件もおかしいし、あまり関わらない方がいいよ」

「だけど、仮にもここの住人に対して警戒しすぎじゃないかな……。それに、管理人をやってる以上関わらないわけには……」

「なら、さっきの鍵は俺から返しに行く」

「で、でも……、貴重なものを置いてある部屋の鍵だし、他の人に預けたなんて知ったら、さすがに怒るんじゃないかな……」

「そもそも強引に渡してきたのは向こうなんだから、別に怒ってもいいじゃん。……って言いたいところだけど、逆上されたら爽良が危険だね」

「結構穏やかな印象だったけど……」

「表の顔なんていくらでも繕えるし」

どうやら、礼央の日比谷に対する印象はかなり悪いらしい。

良くも悪くも他人にあまり興味を持たない礼央にしては、珍しい反応だった。

ただ、礼央がそうなってしまった原因が自分にあることを、爽良はもちろん自覚している。

「礼央、大丈夫だよ。日比谷さんがいつ来るかはわからないけど、鍵を返すときは一人で行かないようにする」

「俺に声かけて」

「わ、わかった。じゃあ、そのときは付いてきてね」

これ以上礼央の気を揉ませないようにと、爽良はできるだけ明るくそう伝えた。

礼央はまだ少し不満げではありながらも渋々納得してくれ、爽良はひとまずほっと息をつく。

「いつも心配かけてごめんね」

「いいよ。でも、いくら管理人だって言っても、たいして知らない男の部屋なんかに一人で入らないで。相手はなに考えてるかわからないんだから」

「そうだよね……。気を付ける」

「あと、管理日誌借りてもいい？」

「いいけど……、なんに使うの？」

「念の為。唯一の情報源だし、見ておいて損はないと思うから」

日誌を調べる意味はよくわからないが、それよりも、なにを考えてるかわからないという表現は、まさに日比谷に感じた印象の通りだと爽良は思った。

実際に、日比谷には、強引さや胡散臭さのような表面的なもの以外にも、表現し難い妙な雰囲気を覚えた。

一見明るく、口調も気安いからこそ、余計に引っかかってしまうのかもしれない。

いずれにしろ、爽良の中で、日比谷にはあまり深く関わるべきではないという気持ちは、礼央と話したことでよりはっきりしていた。

次に日比谷が来たときには、礼央に付いてきてもらって鍵を返し、こういうことは困るときちんと伝えようと、爽良は改めて心に決めた。


不思議な夢を見たのは、その日の夜のこと。

ピアノの音色が聞こえてふと目を開けると、真っ白い場所にいた。

すぐに夢だとわかったものの、妙にリアルで落ち着かない。

またいつもの予知夢かもしれないと一瞬緊張が走ったけれど、それとはどこか雰囲気が違っていた。

ただ、確実に言えるのは、これが普通の夢ではないこと。

爽良は不穏な予感を覚えながら、唯一の情報であるピアノの音に耳を傾ける。

それは、どこかで聞いたことのある旋律だった。

おそらく有名な曲なのだろう、少し悲しげで寂しげで、聞いているうちになんだか胸が苦しくなる。

次第に聞いているのが辛くなり、爽良は両手で耳を塞いでその場にうずくまった。

ていく。

けれど、ピアノの音色は、まるで頭に直接響いてくるかのように、徐々に大きくなっていく。

――止めて……。

心の中で訴えたものの、もちろん止まる気配はない。

しかし、その瞬間、旋律が大きく乱れた。

曲調が途端に速く、強くなり、乱暴に鍵盤を叩いているかのような、音色とは違う衝撃音まで混ざっている。

得体の知れない恐怖を覚え、爽良は、無駄だとわかっていながら必死に耳を塞いだ。

――そのとき。

ふいに聞こえた、啜り泣く声。

最初は聞き間違いだと思う程の小さなものだったけれど、注意深く聞いていると、ピアノの旋律の合間に紛れる、悲しげな女性の泣き声に気付く。

やがて、かすかな泣き声は少しずつ嗚咽に変わり、ピアノの音は、まるでそれをかき消すかのようにさらに激しさを増していった。

心にみるみる不安が広がる。

おそるおそる目を開けると、真っ白い中にぼんやりと浮かび上がったのは、ピアノを弾く髪の長い女性の後ろ姿。

顔は見えないけれど、美しい髪を振り乱しながら狂ったように鍵盤を叩く姿は、鬼気迫るものがあった。

ただ圧倒され、爽良は硬直したままその光景をただ見つめる。

すると、――女性は突如両手を振り上げ、それを思い切り鍵盤に叩き付けた。重く荒々しい音が響くと同時に、悲鳴のような嗚咽が漏れる。

この人は、病んでいる、と。

そう思わざるを得ない光景だった。

やがて、女性は椅子にだらんと背中を預けたまま、まるで電池が切れたかのように動きを止める。

そして、爽良の意識は徐々に曖昧になった。


目を覚ました瞬間、酷い動悸に襲われた。

爽良は布団の中で膝を抱え、ゆっくりと深呼吸を繰り返す。

夢で見た光景を、爽良ははっきりと覚えていた。

女性の後ろ姿も、まるで悲鳴のような嗚咽も、次第に狂気じみていくピアノの音色もすべて。

なぜ突然こんな意味深な夢を見たのだろうと、少しずつ落ち着きはじめた頭で考えた瞬間、――脳裏に、日比谷の部屋で見たピアノの絵画が浮かんだ。

ピアノなんて別に珍しいものではないはずなのに、夢で見たピアノと日比谷が描いたピアノが、頭の中で奇妙に重なっている。

そして、同時に浮かんだのは、日比谷が話していた明里のこと。

もしあのピアノが日比谷の作品に描かれていたものだとすれば、弾いていたのは明里である可能性が高い。

夢の中の女性の顔は見えなかったけれど、長く美しい髪が、日比谷が描いた明里と共通している。

そう考えると、無性に嫌な予感がした。

日比谷は明里のことを美しい思い出として語っていたけれど、一方、夢で見た、明里と思(おぼ)しき女性の様子は明らかに常軌を逸していた。

鳳銘館に明里の魂が彷徨(さまよ)っている可能性は十分にあるし、もしかすると、明里が爽良になにかを訴えようとしているのではないかと思えてならなかった。

ただ、たとえそうだとしても、夢の内容だけではなにを伝えたいのかも、あんなに辛そうに泣き叫んでいた理由もわからない。

そもそも、夢に出てきた女性が明里であるという確証もなく、いくら気がかりでも、今の爽良にできることはなにもなかった。

こんなことならば、夢の中でもっと注意深く周囲を観察していればよかったと、後悔が込み上げてくる。

少し前までは、できる限り霊と関わることなく生きていきたいと考えていたはずなのに、ごく自然にそんなことを思っている自分が少し不思議だった。

それから、なにも起こらないまま数日が過ぎた。

なにか起こることを覚悟していた爽良にとっては、少し拍子抜けだった。

やがて、あの夢は、不安が引き起こしたただの悪夢だったのかもしれないと考えはじめた頃。

いつものように廊下の掃除をしていた爽良の耳を、ふと、ピアノの音色が掠めた。

それは、気のせいともとれるくらいの、ほんのかすかな音だった。

けれど、夢で見たピアノ演奏のことがずっと心に引っかかっていた爽良には、無視することができなかった。

自然と、足が三階へ向く。

なぜだか、三〇一号室からだという根拠のない自信があった。

やがて、三階まで階段を上った瞬間、ふたたびピアノの音色が響く。やはり気のせいではなかったのだと確信し、鼓動がみるみる速くなった。

こわごわ東側の廊下を覗いたものの、そこに広がっていたのは、いつもとなんら変わらない見慣れた光景。

とくに、不穏な気配も感じられない。

爽良は廊下を進み、三〇一号室の前に立った。おそるおそる戸に耳を当ててみたものの、話し声や物音はしない。――しかし。

ふたたび、ポーンと響き渡る、鍵盤を弾く音。

それは、明らかに部屋の中から聞こえていた。

ふと、前に見た恐ろしい夢が頭を過り、不安が込み上げてくる。けれど、やはり不穏な気配は感じられない。

むしろ、例の夢の先入観さえなければ、たいして気に留めないくらいに、ごく自然に響いていた。

もちろん、日比谷が弾いている可能性もなくはない。

前に来たときには現物のピアノなんて見ていないけれど、爽良が立ち入っていない部屋も一室ある。

ただ、どんなに現実的な予想を立てようとしても、爽良の心の中に渦巻く言い知れない不穏さは、どうしても拭えなかった。

もはや考えていても仕方がないと、爽良は覚悟を決めて戸をノックする。

「日比谷さん……？　いらっしゃいますか……？」

ある意味予想通りというべきか、反応はなかった。

「日比谷さん……？」

爽良は、念の為にもう一度ノックをする。――すると。

ポロン、と、まるで爽良の問いかけに答えるかのようなタイミングで、ピアノの音色が響いた。

背筋がゾクッと冷え、反射的に戸から一歩離れる。

反応したのが日比谷でないことだけは確かだった。日比谷の性格ならば、すぐに戸を開け爽良を招き入れるだろう。

だとすれば、やはりこの部屋にはなにかがいるのだと爽良は思う。

ただ、反応があったにも拘(かかわ)らず霊障はまったくなく、それだけはどうしても違和感があった。

いつもなら、気温が下がったり景色がグレーがかったりと、なんらかの異変が起こるはずなのに、今のところ一切ない。

これがいったいどういう現象なのか、爽良にはわからなかった。

正直、少しでも気を抜けば心が折れそうな程怖いけれど、まるで爽良を誘っているかのようなピアノの音色が気がかりで仕方がない。

そんな葛藤(かっとう)で身動きが取れないまま、爽良はただじっと戸を見つめる。――すると。

突如、キィと小さな音を響かせながら、戸がかすかに開いた。

緊張と恐怖が一気に膨らむ。

やはり誘われているのだという予感が、さらに確信を帯びた。

爽良はかすかに開いた戸の隙間から、そっと中を覗く。元々鍵(かぎ)は開いていたようだが、部屋は薄暗く、日比谷の気配はなかった。

「誰か……、いるんですか……？」

震える声が、静まり返った空間に吸い込まれていく。

しばらく待ってみたものの、なんの反応もなく、爽良はついに覚悟を決めて一歩足を踏み入れた。

勝手に入るのは気が咎めるが、日比谷からは一応許可を得ているし、せめてピアノがあるかどうかだけ知りたいと思ったからだ。

爽良は鍵付きの部屋の前を通り過ぎ、ひとまず、前に来たときは入らなかった部屋の戸をそっと開ける。

しかし、中にはピアノなんてなく、壁一面に無機質な棚が設置された、いわゆる物置のような雑然とした空間だった。

つまり、三〇一号室にピアノはない。

確かに何度も音色が響いていたのにと、言い知れない気味悪さが込み上げてくる。

――すると、そのとき。

突如、ひときわ大きなピアノの音が響き渡った。

それは、しばらく脳裏に余韻を残す程の酷い不協和音だった。爽良は一瞬目眩を覚え、両手で耳を塞ぐ。

ただ、そんな中でも、その音が鍵付きの部屋から響いていたことを、爽良は確信していた。

頭を過るのは、鍵付きの部屋で見た、ピアノが描かれた絵画。

まさかあれから音が鳴っているのではないだろうかと、あるまじき予想が浮かんでくる。

あり得ないと思いながらも、日比谷の部屋の中でピアノに関連するものがそれ以外に思い当たらず、完全に否定できない自分がいる。

しかし、爽良にはもう、それを確かめに行く程の気力が残っていなかった。

一旦出直そうと、震える足を無理やり動かし玄関へ向かう。――けれど。

突如、ダイニングルームの一角から異様な気配を感じた。

その瞬間に体が硬直し、足がもつれて床に崩れる。

慌てて立ち上がろうとしたものの、体が震えて力が入らない。爽良は這うようにして無理やり床を移動した。

しかし、その間にも、異様な気配はみるみる存在感を増していく。

なんとか戸まで辿りついたものの、取手に触れようとした瞬間、ふいに背後から刺すような視線を感じた。

爽良はおそるおそる振り返り、思わず息を呑む。

爽良の視線の先にあったのは、明里の肖像画。

そのあまりのリアルさに、一瞬絵だと認識できず、肩がビクッと震えた。

ただ、絵だとわかってもなお、込み上げる恐怖心が緩む気配はない。というのも、肖像画が醸し出す異様さは、前に見たときとは比べものにならなかった。

爽良はなかなか目を離すことができず、明里の目をただじっと見つめる。――そのとき。

突如、明里の眼球が、グルンと大きく動いた。

「っ……」

声にならない悲鳴が零れる。

呼吸も忘れて見入っていると、絵の中の明里はしばらく眼球を動かし、やがて、爽良にぴたりと焦点を合わせた。

爽良はまるで捕えられたかのように硬直する。すると、爽良を見つめる明里の表情がぐにゃりと歪み、目がみるみる吊り上がった。

伝わってくるのは、強い憤り。

まるで全細胞が警告するかのように、全身から嫌な汗が噴き出してくる。

早く逃げなければと、爽良は後ろ手に戸を押したものの、全身が震えて上手く力が入らない。

そうこうしている間にも、明里の表情は、もはや原形が思い出せないくらいに酷く歪んでいく。

爽良の精神はもはや限界で、ひとたび気を抜けば簡単に意識が飛んでしまいそうだった。――しかし、そのとき。

突如、襟首を強く引かれる感触を覚えたかと思うと、爽良の体は勢いよく廊下に引っ張り出されていた。

床に倒れ込んだ瞬間、大きな音を鳴らして戸が閉まった。

どうやら助かったらしいと、それだけは理解できたものの、自分になにが起きたのか、爽良にはまったくわからなかった。

周囲を見回しても、誰もいない。

しかし、呆然とする爽良の耳を掠めたのは、徐々に遠ざかっていく、聞き覚えのある軽快な足音。

「スワロー……？」

姿が見えたわけではないけれど、最初に浮かんだのはスワローのこと。

改めて思い返せば、襟首を引かれたとき、かすかに柔らかい毛が触れたような気がした。

御堂の指示もなく助けてくれる程、爽良に心を許してくれたとは思えないけれど、もしかすると、ツバメのチャームが戻ってきたことに、思った以上に恩を感じているのかもしれないと爽良は思う。

「ありが、とう……」

届かないとわかっていながら、思わずそう呟く。――そのとき。

「――ひとり言？」

ふいに聞こえたのは、よく知る声。

勢いよく振り返ると、少し離れたところに立つ御堂と目が合った。

「御堂さん……」

「ぼんやりして、どうしたの？」

「御堂さんも不穏な気配を感じたんですか……？」

御堂がここに来た理由は、三〇一号室で不穏な気配が急に膨れ上がったせいだと、爽良は確信していた。

むしろ、それ以外に理由なんて考えられなかった。

しかし、御堂は首をかしげる。

「……いや、部屋から出たら廊下の奥に爽良ちゃんが見えたからさ。近寄ってみたらなんかブツブツ言ってるし」

「え……？」

まさかの返答に、爽良は混乱した。

あれだけ大きな気配に、御堂が気付かないなんてことがあるのだろうかと。

すると、御堂は爽良の様子からなにかを察したのか、意味深に瞳を揺らした。

「なにかあったっぽいね。話聞くから談話室に行こう。立てる？」

「あ……、はい……」

爽良は戸惑いながらも頷き、御堂に支えられて立ち上がる。

そして、いまだ混乱が覚めない中、談話室へ向かった。

「日比谷さんの肖像画が勝手に動いた、か……」

談話室で一連の出来事を話すと、御堂は爽良の上手くまとまらない話に真剣に耳を傾けてくれた——ものの。

「……昔、そういう映画観たなぁ」

あまりにも軽い口調で、そう言い放った。

想像していた反応と違い、爽良は呆気に取られる。

「映画……、ですか」

さぞかし間の抜けた顔をしていたのだろう、御堂は可笑しそうに笑った。

「ちなみに、絵が動くっていうのはよくあることだよ。実家の寺には絵のお祓いをしてほしいっていう相談がよくあるし。絵って不思議なもので、長い時間その対象のことだけに集中して描くせいか、知らず知らずのうちに念が籠りやすいんだ。その上、念は別の念やら浮遊霊やらを寄せ集めるから、いずれ巣窟と化すことも」

念について、爽良は前に御堂から説明を受けている。

魂のごく一部であり、なんらかの物事に対して生まれた強い執着だけが魂から切り離され、この世に留まってしまったものであると。

御堂によれば、念は思考を持たず、魂そのものに比べてできることが限られるという話だった。

「……つまり、そんなに危なくないってことですか？」

「いや、前に必死に捜し物をしてた長谷川（はせがわ）さんみたいに、危険な場合ももちろんあるよ。だけど、三〇一号室は大丈夫なんじゃないかなあ。これまでにも、そんなにやばい気配を感じたことがないし」

「え？……ないんですか？　全然……？」

「ないね」

「でも、すごく禍々（まがまが）しい感じがしたような……」

「低級な浮遊霊にからかわれたんじゃん？」

あまりにはっきりと言い切られ、爽良は戸惑う。

ついさっき三〇一号室で恐ろしい気配を肌で感じたばかりの爽良にとっては、その言葉に違和感しかなかった。

とはいえ、御堂がそう言うのならば、反論の余地はない。

寺の息子として生まれ、幼い頃から霊と深く関わってきた御堂と、ひたすら逃げ続けて生きてきた爽良とでは、能力にしろ経験値にしろ、すべてにおいて圧倒的な差があるからだ。

「ってかさ、霊っていうよりも、爽良ちゃんは日比谷さんに気を付けた方がいいんじゃない？」

モヤモヤが晴れない爽良を他所に、御堂はあっさりと話を変えた。

「霊よりも、日比谷さんに……？」

「そう。正直、俺も日比谷さんとはほとんど顔を合わせたことないからあまり知らないんだけど、いきなり自分の部屋の鍵を渡してきたんでしょ？　どう考えても変じゃん、そんなの」

「礼央からも同じことを言われました」

「誰だってそう思うし、彼はなおさらでしょ」

楽しそうに笑われ、爽良は溜め息をつく。

正直、三〇一号室の気配は気になるけれど、御堂が警戒していないのなら杞憂なのだろうと思うしかなかった。


それから十日が経過したものの、日比谷は一度も現れなかった。

その十日間は、なんの問題も起こらないいたって平和な日々だったけれど、常に鍵を持ち歩いて日比谷の来訪を意識していた爽良にとっては、晴れないモヤモヤが蓄積していく一方だった。

ちなみに、あの日以来、不思議な夢は見ていないし、ピアノの音色も一度も聞いていない。

次第に爽良は、やはり御堂が言った通り、浮遊霊にからかわれただけだったのかもしれないと考えるようになっていた。

そんな、ある日の夜。

その日は、先日流れた梅雨明けのニュースを疑ってしまうくらいの酷い豪雨だった。台風さながらに風も強く、建物のいたるところから木材の軋む音が響いていて、爽良は一日中落ち着かなかった。

鳳銘館の造りは頑丈だが、いかんせん古く、傷んでいる箇所も多い。

御堂はみるみる強くなっていく雨を警戒し、屋根の補修中の箇所をブルーシートで覆ったり、溢れそうな側溝を点検したりと、外での仕事を一手に引き受けてくれた。

一方、屋内でできる仕事をすべて終えてしまった爽良は、一向に雨が止まない空をたびたび見上げ、ただ不安を持て余していた。

礼央も仕事が忙しいのか部屋に籠りっきりで、唯一爽良の気を紛らわせてくれたのは、庭に出ることのできないロンディのみ。

しかし、ロンディも、屋内では自由に走り回れないことがよほど退屈なのか、やがて談話室で眠ってしまった。

仕方なく、爽良は管理人室に戻ってぼんやりとテレビを眺める。

ただ、鳴り響く激しい雨音のせいで内容はほとんど頭に入らず、やがて、気付かないうちに眠ってしまっていた。

目を覚ましたのは、ちょうど日付が変わる頃。

「――爽良ちゃん……！」

玄関から名を呼ぶ声が聞こえ、爽良はぼんやりしながら体を起こした。

玄関の覗(のぞ)き窓から覗くと、立っていたのは日比谷。その顔を見た瞬間に緊張が込み上げ、頭がたちまち覚醒(かくせい)する。

しかし、日比谷はずいぶん焦った表情を浮かべていた。

こんな時間に来るくらいだから、なにかトラブルがあったのかもしれないと、爽良は戸を開ける。

「どうしました……？」

おそるおそる顔を出すと、日比谷は申し訳なさそうに顔の前で両手を合わせた。

「よかった！　こんな遅くに本当にごめんね……。実は、あまりに酷い雨だから、作品が心配になって一応見に来たら、部屋の壁の一部が湿っていて。……多分、雨漏りしてるんじゃないかな……」

「雨漏りですか……？　大変……！」

屋根の修理中の箇所は御堂がシートで覆っているはずだが、この強風なら、どこかが新たに破損していても不思議ではない。

日比谷の部屋にはたくさんの作品があり、とくに鍵付きの部屋の中には高値が付けられたものが多くある。

「今のところ作品に被害はないんだけど、どうやら雨は長引くみたいだから心配だし、これ以上湿度が上がるのもちょっとなぁって。ひとまず作品を避難させておきたいんだけど、一時的に空き部屋を貸してもらったりできないかな……？」

「もちろんです！　急いで移動させましょう！」

爽良は頷き、マスターキーだけを手に、慌てて部屋を出た。

日比谷と一緒に階段を上がりながら、雨がさらに強まっていることに気付く。

もしかすると、三〇一号室以外にも被害が出ているかもしれないと、たちまち不安が込み上げてきた。

「作品の避難先ですが、念の為、三階は避けましょう。一階は湿気が籠りやすいので、二階の空き部屋を使おうと思うんですけど、少し離れていても大丈夫ですか？　私も一緒に運びますから」

「もちろん。親切にありがとう」

「いえ、日比谷さんはなにも悪くありませんから」

「じゃあ、ひとまず部屋の状態を見てもらってもいい？」

「はい！」

爽良は頷き、三階まで上ると急いで三〇一号室へ向かう。

戸を開けるやいなや、真っ先に目に入ったのは、前に動いた明里の肖像画。

反射的に緊張を覚えたものの、今は怖いなんて言っている場合ではないと、恐怖を振り払って足を踏み入れた。

「壁が濡れているのは、どの部屋ですか？」

爽良はまず先に、戸が開きっぱなしになっている鍵付きの部屋を覗き込む。しかし、とくに異変は感じられず、ひとまずほっと息をついた。

「そっちじゃないよ」

「じゃあ、隣の部屋ですね」

「いや、違う」

「え？」

ふと、嫌な予感がした。

振り返ると、日比谷は後ろ手に玄関の戸を閉め、鍵をかけている。

「どうして、鍵……」

「ちょっと聞いてほしいことがあるんだ」

「…………」

日比谷の目を見て、様子がおかしいことをすぐに察した。

みるみる心臓が鼓動を速める。

「どういう、おつもりですか……？」

必死に冷静な声を絞り出したものの、心の中では、得体の知れない恐怖が膨らんでいた。

「可愛いね、声が震えてる。……怖いの？」

ニヤリと笑う日比谷を見て、ゾクッと背筋が冷える。

「雨漏りしてるっていうのは、嘘なんですね……」

返事はないが、日比谷の浮かべる余裕の笑みが、肯定しているも同然だった。

爽良は部屋の隅まで後退り、日比谷を睨みつける。

「近付いたら大声出します」

「そんなに怯えないでよ。近くの部屋には誰も住んでいないようだし、この大雨じゃ、叫んでも聞こえないと思うよ」

「……なにが目的なんですか」

尋ねながらも、正直、聞くのが怖いと思った。

霊に対する恐怖なら数え切れない程味わってきたけれど、生きた人間を心から怖いと思ったのは初めてだった。

すると、日比谷は玄関の戸から離れ、まるで爽良の恐怖を煽るようにゆっくりと近付いてくる。

そして、突如足を止めると、ダイニングルームに並ぶイーゼルにかけられた布を摑み、ゆっくりと捲り上げた。

「っ……」

布の下から現れた絵画を見て、爽良は息を呑む。

そこに描かれていたのは、明里。

しかも、その角度も、表情までも、前から部屋にあった明里の肖像画とほとんど同じだった。

驚く爽良を他所(よそ)に、日比谷は他の布も次々と捲っていく。

しかし、捲れど捲れど、現れたのはすべて明里の肖像画。

異様な光景に、爽良は息を呑む。

「……綺麗(きれい)でしょ、僕の明里」

すべての布を取り去った日比谷が、ボソッと呟(つぶや)いた。

浮かべた笑みが狂気じみていて、爽良は言葉を失う。

しかし、日比谷は爽良の反応を気に留める様子もなく、明里の肖像画をじっと見つめて愛(いと)しそうに目を細めた。

「本当に、心から愛してたんだよ。すべてを捧(ささ)げてもいいと思ったし、……すべてを捧げてほしいと思った」

まるで共依存を望むような重い要求を、日比谷は真顔で口にした。

やはり、この人はどこかが壊れていると爽良は思う。

そして、日比谷は肖像画の中の明里の頬に、愛しそうに触れた。——そして。

「……でも、死んでしまったんだよね。あの素晴らしく完璧(かんぺき)な造形美は、もうこの世にないんだよ」

日比谷の表現は、生きた人間を、仮にも愛しい相手のことを語る言葉としては、あまりにも違和感があった。

「造形美……？」

思わず呟くと、日比谷は目を輝かせる。

「そう、造形美。……描いても描いてもまた描きたくなるような、魅力に溢れた悪魔的な美しさだ。あんなに美しいものを、僕は他に知らない。……でも」

言葉を止めた瞬間、たった今までいかにも幸せそうに語っていた日比谷の表情が、苦しげに歪んだ。

「僕にはあの美しさを上手く表現できないらしい。描いても描いても描いても、描いても描いても描いても描いても、誰からも評価されなかった」

「……日比谷、さん……」

恐怖から、額に冷たい汗が流れる。

すると、日比谷は突如爽良の方を向き、ニヤリと笑った。

「……でもさあ、とても不思議なんだけど、明里のことだけ考えながら絵を描いているうちに、なんだか、絵の中に明里の気配を感じるようになったんだ」

「明里さんの気配……って」

「鳳銘館は同類の人間しか住めないはずだから、わざわざ説明はいらないでしょ？　僕は昔から、そういう気配にすごく敏感でね。……明里を失ってからというもの、酷い喪失感に苛(さいな)まれていたけど、鳳銘館に引っ越して、不思議な気配の中で明里の絵を描いていたら、ふと明里が傍にいるような気がしたんだ。もしかして、魂だけが僕の下に戻ってきてくれたんじゃないかと思って、あのときは嬉(うれ)しかったなぁ。それからは評価なんてどうでもよくなって、明里の容(い)れ物になるよう願いながら何枚も明里の顔を描いたんだよ。明里が永遠に僕の傍にいられるために」

「永遠にって……、浮かばれてほしいとは思わないんですか……？」

「なんで？　僕がいない場所に行って、なんの得があるの？」

「なんで、って……」

本気でわからないといった表情に、爽良はゾッとした。

もちろん爽良にも、浮かばれるというのがどういうことなのか、それが本当に幸せなことなのか、よくわからない。

ただ、たくさんの霊に会ってきたからこそ、逆にこの世に留(とど)まり続けることがどれだけ苦しいかをよく知っている。

それに関しては、爽良を同類と表現した日比谷も同じはずだ。なのに、知っていてもなお愛する人を平然と自分の傍に縛りつけようとする発言には、まったく共感できなかった。

それだけでなく、日比谷は明里を愛していたと繰り返す割に、その口調は異様に淡白で、人ではなく物のことを語っているような無機質さがある。

「……それでね、明里が気に入るようにたくさんの絵を描いて、ときどき明里の気配を感じられて、しばらくはそれでよかったんだけど、……人っていうのは本当に満足しない生き物でさ、だんだんそれじゃ物足りなくなってきちゃって。……絵って一瞬の表情を切り取ることはできても、明里の美しさを表現するにはどう考えても物足りないんだよ」

日比谷が纏う雰囲気が、わずかに変わった。

「もっといい容れ物ないかなぁって、ずっと考えていて」

ドクンと、心臓が大きく鼓動する。

「……初めて爽良ちゃんを見たときに、思ったんだ。君は全然飾りっけがないけど、原石みたいな美しさを持っているなあって。……それで、閃いたんだよ。明里が君の体を使えば、明里を見た瞬間に受けた衝撃が蘇るくらいの美しさが再現できるんじゃないかって」

「……なに言ってるんですか……」

聞き返しながらも、爽良は察していた。日比谷は、爽良の体を明里の魂の容れ物にしようとしているのだと。

そんな映画のような話を真顔で語る日比谷が、酷く不気味だった。

ただ、怖ろしいのは、それがまったくの非現実的な話ではないという事実。霊の存在を受け入れ、魂や念のことを少しずつ理解しはじめた今の爽良は、それがただの妄想話で済まないことを知っている。

現に、御堂も霊を祓う手段として藁人形を容れ物にする手段を使うらしい。

魂を別の容れ物に移動させることが可能なら、理屈では、他人の体に宿すことだってできるはずだ。

日比谷の目的を知った爽良は、混乱する頭を無理やり動かし、ここから逃げる方法を必死に考える。

しかし、唯一の出入口である玄関前には日比谷がいるし、窓から逃げようにもここは三階。飛び降りれば、ただでは済まない。

現実的な案がなにも浮かばないまま、日比谷は明里の肖像画を抱え、爽良との距離をじりじりと詰めてくる。

爽良は慌ててその場を離れ、咄嗟に鍵付きの部屋に駆け込んだ。

そして、窓を開けて叫べば誰かに届くかもしれないと考え、鍵に手をかけた——ものの。

鍵は、どんなに力を込めてもビクともしなかった。半月状の留め具をスライドするだけの単純な構造のはずなのに、動きそうな気配がない。

焦る爽良の後ろで、楽しげな笑い声が響いた。

「開かないように、少し細工してるんだ。昔、そういう設備関連をいろいろ調べた時期があって、詳しいんだよ」

「どうして、そんな……」

「逃げられたら悲しいじゃない」

まるで世間話をしているかのような、平然とした声が爽良の恐怖を煽る。

ただ、逃げることも助けを呼ぶことも叶わず、まともに交渉もできないとなると、爽良にはもはや打つ手がなかった。

その上、相手は生身の人間。御堂や礼央が気配で気付いてくれる可能性に期待はできない。

日比谷は、逃げ場を失い震える爽良を、まるで見定めているかのようにまじまじと見つめた。

「こうして間近で見ると、やっぱり君はすごくいい。透明感があるところも、少し陰がある雰囲気も、明里に共通しているし。……まあ、明里と比べれば身長も髪の長さも全然足りないんだけど、そこは目を瞑るとして……」

「……なに、言って……」

「明里に体を貸してあげて。きっと、僕に会いたがってると思うから」

「会いたがってるなんて、どうしてわかるんですか……」

「だって、傍に気配があるもの。そんなの考えるまでもない」

日比谷にどれだけの霊感があるのかはわからないが、その言葉を否定することはできなかった。

御堂からは低級な浮遊霊にからかわれたのだと言われたけれど、実際に部屋に入るとやはりそれらしき気配があるし、夢で明里らしき女性を見たことや、ピアノの音色を聞いたことも、明里の魂だと考えた方がしっくりくる。

なにより、明里にここまで執着する日比谷が、はっきりと本人だと言い切っているのだから、疑いようがなかった。

ならば、やはりこの部屋には明里の魂そのものか、もしくは念が残っている可能性が高い。

必死に考え込む爽良を他所に、日比谷は、手にしていた明里の肖像画を、鍵付きの部屋に注意深く置いた。

さらに、ダイニングルームにあった他の明里の肖像画もすべて集め、顔が爽良に向くよう次々と並べていく。

いくつもの同じ顔に囲まれるというのは、言い知れない不気味さがあった。威圧感に身動きひとつ取れず、爽良は壁に背を付けたまま硬直する。

やがて、日比谷はすべてを並べ終えると、爽良に笑みを向けた。——そして。

「……明里。……体を借りたら、僕の名を呼んで」

そう囁くと同時に、日比谷は部屋を出て戸を閉めてしまった。

「待っ……」

爽良の声は届かず、鍵が閉まる音が響く。

慌てて戸に駆け寄ったものの、鍵は内側から操作できず、爽良はその場にがっくりと膝をついた。

呆然としながら、日比谷の異常性に恐怖を覚える。

ただ監禁することが目的ならば、こんなすぐにバレてしまいそうな場所を使うなんて考えられないが、日比谷が望んでいるのは明里の魂を爽良に宿すこと。

これが犯罪であるという自覚なんて当然あるはずもなく、むしろ、明里との再会のことしか頭にないらしい。

後先を考えない強引な行動が、それを物語っている。

爽良は床にぺたんと座り、こういうときこそ冷静にならなければと、ゆっくりと息を吐いた。

密室に閉じ込められて携帯もなく、最悪な状況であることは間違いないのに、なにをしでかすかわからない日比谷が同じ部屋にいないというだけで、さっきよりは落ち着いていられた。

雨さえ止めば叫び声は誰かに届くだろうし、最悪、朝になれば爽良がいないことに御堂か礼央が気付いてくれるだろう。

最近の心配性な礼央なら、それをまず軽くは考えない。異変が起きている可能性を一番に考えるはずだ。

ただ、だとしても、朝まではあまりに長かった。

幼い頃はどんなこともひとりで耐えられたのに、最近は助けられてばかりのせいか、無意識に、礼央から与えられる安心感を求めてしまう。

今は気を強く持たなければと、爽良は弱気な気持ちを振り払うように首を横に振り、窓際にもたれて膝を抱える。

「礼央……」

名を呟く(つぶや)と、余計に心細さが増した。

依然として、雨が止む気配はなかった。

ふと視線を上げると、ずらりと並べられた明里の肖像画の視線に捉え(とら)られる。今はとくに異様な気配は感じられないけれど、やはり気味が悪い。

爽良は物音を立てないようにそっと立ち上がり、明里の肖像画を裏返した。

ふと思い出すのは、爽良の体を使って明里を蘇らせるという日比谷が語っていた目論(もくろ)見(み)。

ただ、爽良は正直、本当にそんなことができるなんてあまり考えていなかった。

これまでにいろんな霊を視てきたからこそ、霊がそう簡単に自分の思い通りにならないことをよく知っている。

今はむしろ、現れるかどうかもわからない霊よりも、常軌を逸した日比谷に対する恐怖の方がよほど深刻だった。

爽良はすべての肖像画を裏返すと、ふたたび壁にもたれる。

日比谷がいつ戻ってくるかを考えると不安だったけれど、ダイニングルームからは物音ひとつ聞こえなかった。

明里が爽良に乗り移るのを静かに待っているのかもしれないし、あるいは明里の肖像画をさらに増やしているのかもしれない。

熱にうかされたような日比谷の様子を想像すると、全身に寒気が走った。拗らせた妄想程恐ろしいものはないと、しみじみ実感する。

「もし明里さんが現れたら、どうしたいんだろう……」

ひとり言を零すと同時に、ふと、明里が乗り移ったフリをすれば脱出できるのではないかという案を思い立った。

けれど、もしうまく日比谷を騙せたとしても、爽良を明里だと思い込んだ日比谷がなにをしてくるか想像もできず、すぐに考え直す。

日比谷は愛する女性が死んでもなお、自分の傍に縛りつけようとするような男だ。

その異常さを知ってしまった以上、少しの可能性に賭けるような安易な作戦を実行する勇気はなかった。

結局、日比谷が静かにしている以上は朝を待つのが賢明だと、爽良は抱えた膝に顔を伏せる。

そして、身動きを取らず、なにも考えずに、ただ時が流れるのを待った。

それからどれくらいの時間が経ったのか、激しい雷の音が響いた瞬間、爽良は思わず顔を上げた。

そして、いつの間にか部屋の照明が落ちていることに気付く。

外の暗さを見る限り、たいして時間の経過は感じられない。体も心も酷く疲労していたせいか、少しの間、意識が途切れていたのだろう。

窓の外を覗くと、照明の点いた家が何軒か確認できた。

どうやら停電しているわけではないらしいと、かろうじて身動きが取れる程度の曖昧な視界の中、爽良は手探りで照明のスイッチを探す。

けれど、それらしきものはどこにも見付けられなかった。

唯一幸いと言えるのは、こんな明らかな異変の中でも、日比谷が現れる気配がないこと。

爽良は下手に動き回るのをやめ、床に座ったまま窓からぼんやりと空を見上げる。

すると、そのとき。ふいに、窓の外に激しい稲光が走った。

反射的に両耳を塞いだけれど、音が響くまでは、ずいぶん長いタイムラグがあった。

どうやら、雷はそう近くないらしい。

けれど、窓の外では繰り返し稲光が走っていて、たびたび部屋の中を不気味に照らしていた。——そのとき。

「え……」

思わず、声が零れた。

部屋が稲光に照らされたほんの一瞬の間に、強烈に覚えた違和感。

爽良の心臓が、みるみる鼓動を速める。

見間違いであることを祈りながら爽良が注視したのは、ついさっき裏返しにした明里の肖像画。

しかし、ふたたび稲光が走った瞬間、――まさにそこから、明里の視線が刺さった。

「なん……、で」

背筋にゾクっと悪寒が走る。

なぜまた表を向いているのか、考えられる可能性は二つしかない。爽良の意識が途切れている間に日比谷が部屋に入ったか、もしくは、勝手に裏返ったか。

現実的なのは圧倒的に前者の方なのに、なぜだかそうは思えなかった。

稲光が走るたび、明里の表情が暗闇から浮かび上がる。そして、そのとき。――突如、正面の肖像画が、ガタンと音を立てた。

逃げ場のない爽良は、壁に張り付くようにして明里の肖像画を見つめる。

心臓がドクドクと鼓動を速めていく中、爽良はふと、肖像画から漂う異様な気配に気付いた。

改めて考えてみれば、部屋の空気はさっきまでとは明らかに違っていた。気温がみるみる下がり、夏だというのに吐いた息が白く広がっていく。

そして、ふたたび肖像画がガタンと揺れ、――その瞬間、明里の目から、どろりと黒い液体が流れた。

「っ……」

突然の異変に、頭が真っ白になった。

黒い涙はみるみるキャンバスを汚し、明里の口元が苦しげに歪む。

いったいなにが起こっているのか予想もつかず、すっかり硬直してしまった爽良は、みるみる黒ずんでいく明里の肖像画から目を逸らすことすらできなかった。

そして、そのとき。

突如、キャンバスの下から漏れ出てくるように、一筋の黒いものが床に広がった。

それは、まるで意思を持っているかのように、じりじりと爽良の方へと迫ってくる。

これは明里が流している黒い涙だと、爽良は慌てて足を引き寄せた。

しかし、涙だと思い込んでいた黒いものは、突如床からふわりと浮き上がり、爽良の足首に絡みつく。

これは、――髪の毛だ、と。理解すると同時に、全身がゾクッと冷えた。

咄嗟に振り払おうとしたもののビクともせず、突如、捕えられた爽良の足が肖像画の方へ強く引かれる。

抵抗しようにも摑む場所などなく、爽良の体はされるがままに床を滑り、やがて乱暴に投げ出された。

慌てて体を起こすと、目の前にあったのは真っ黒のキャンバス。黒い涙で塗り潰され、もはや明里の顔は隠れてしまっているのに、そこからは、ただならぬ気配が漂っていた。

危険だと全身が警告しているのに、まるで金縛りに遭ったかのように身動きが取れない。――そのとき。

突如、キャンバスの表面が大きく盛り上がった。

まるで、奥からなにかが突き破ろうとしているかのように、辺りにミシミシと不気味な音が響く。

頭はもはや真っ白で、爽良は逃げることすら忘れ、目の前の光景にただ呆然と見入っていた。

やがて、キャンバスの表面に大きな亀裂が入り、――その瞬間、ズルリと奇妙な音を響かせ、黒いなにかが表面から姿を現す。

それは、ヘドロのように自由に形を変えながら、爽良の目の前でぴたりと動きを止めた。

限界を超えた恐怖の中、これは明里の魂なのではないかと、妙に冷静に考えている自分がいた。

日比谷が望んだ通り、明里は爽良の体に乗り移ろうとしているのではないかと。

そんなことはあり得ないと思い込んでいたけれど、それ以外に考えられなかった。

やがて、ヘドロはふたたび動きだし、羽を広げるように大きく形を変えながら、爽良に覆い被さる。

異常な光景に圧倒され、爽良にはもう抵抗する気力が残っていなかった。

やがて、ゆっくりと視界が暗転すると同時に、意識がプツンと途切れた。

目を開けたとき、爽良が立っていたのは、真っ白い空間。

すぐに夢だと気付いたけれど、意識ははっきりしていた。

ふと耳に届いたのは、ピアノの音色。

音は少しずつ大きくなり、次第に視界も開けていく。やがて、正面にぼんやりと浮かびあがったのは、泣きながらピアノを弾く女性の後ろ姿。

それは、いつか夢で見た光景とまったく同じだった。

前に見たときは誰だかわからなかったけれど、今ははっきりとわかる。女性から漂う気配は、ついさっき日比谷の部屋で感じたものとまったく同じだった。

――明里さん……。

心の中で名を呼ぶが、反応はない。

そして、明里の演奏は、以前と同じように徐々に荒くなっていく。すすり泣く声も、徐々に嗚咽に変わった。

爽良は、みるみる常軌を逸していく明里を呆然と見つめる。

ただ、前は恐怖でしかなかった明里の姿が、今日は無性に悲しく見えた。

そのとき、まるで霧に包まれたかのように真っ白だった明里の周りの景色が、ゆっくりと晴れはじめる。

徐々に浮かび上がる木目の壁や床、そして、アンティーク調のテーブルやチェスト。どうやら十畳ほどの洋室のようだが、置いてある家具や調度品はいかにも高価そうで、かなりのこだわりが感じられた。

それらを眺めているうちに、爽良はふと、既視感を覚える。

――これ、もしかして……。

思い出したのは、窓の外に広がる、深い山々の風景を見た瞬間のこと。

それらは全部、――家具も調度品も景色すらもすべて、日比谷の鍵付きの部屋で見た絵とまったく同じだった。

気付いた瞬間、背筋がゾクッと冷える。日比谷が愛したコレクションに囲まれてピアノを弾く明里が、一瞬、コレクションの一部のように見えたからだ。

ふと、この人は本当に日比谷と愛し合っていたのだろうかと、不穏な予感が頭を過った。

改めて周囲を確認してみると、部屋の戸には外鍵と思われる金具がいくつもあり、窓は嵌め込み式なのか、鍵も取手もない。

テーブルには手を付けた形跡のない食べ物が並び、床にはリボンが解かれていないプレゼントが放置されている。

これは監禁ではないだろうか、と。思い付くと同時に震えが走った。

恐ろしい予想だけれど、そう考えるとしっくりくることが爽良にはいくつも思い当たる。

思えば、明里のことを語る日比谷には何度も違和感を覚えた。

印象的なのは、明里を美しいと繰り返し語る姿。考えてみると、日比谷が褒めていたのは、明里の外見のことばかりだ。

「愛して、ましたか……？」

心に浮かべたはずの疑問は、無意識に声になった。

「日比谷さんのことを……、明里さんは——」

言い終えないうちに、突如響き渡った激しい不協和音。

見れば、明里は立ち上がり、両手を鍵盤に叩きつけていた。空気は重々しく、爽良は口を噤む。

すると、明里はかすかに爽良の方に首を向けた。

乱れた髪に隠れて表情は見えないけれど、爽良の存在を認識していることは明らかだった。

爽良は込み上げる緊張に堪え、明里からの答えを待つ。

正直、コレクションのひとつとして扱われていたのなら、愛していたはずがないと、むしろそれ以外の答えはあり得ないと思っていた。

しかし、明里は首を縦にも横にも振らなかった。

そして、明里は唐突に窓際へ向かい、カーテンタッセルを外すと、それをカーテンレールに引っ掛けて自分の首を通す。

「待っ……」

そして、なんの躊躇いも感じさせない淡々とした動作で、首を吊った。

「あか……り、さ……」

それはあまりに無機質な最期で、目の前で起こったことを理解するには、時間が必要だった。

次第に視界がぼんやりしはじめてもなお、ショックがいつまでも尾を引いていて思考が働かない。

ただ、明里の死因は自殺だったのだ、と。

その恐ろしい事実が、頭の中を何度も回っていた。


意識を取り戻した瞬間、酷い吐き気が込み上げ、爽良は激しく咳き込む。

爽良を包んでいたのは、知らない匂いと生暖かい感触。

状況が理解できずに呆然としていると、すぐ傍で日比谷の声が聞こえた。

「明里……、大丈夫かい？」

ゾクッと全身が冷えた。

日比谷に抱きしめられているのだと理解した瞬間、爽良は無我夢中で日比谷の手を振り払い、その場から勢いよく離れる。

視界が悪い中、体が棚や椅子にぶつかる大きな音が響き渡った。

すると、日比谷がゆらりと動く。

「僕だよ、明里。君が苦しそうにうなされていたから飛んで来たんだ。……傍にいるから安心して」

「…………」

「さあ、こっちにおいで」

どうやら日比谷は、爽良の体の中に明里の魂がいると思い込んでいるらしい。

確かに、黒いヘドロに覆われたときはそれを覚悟したけれど、爽良の意識ははっきりしていて、自分の中に他人の意識があるような感覚はなかった。

さっき爽良に襲いかかったのが明里であることは間違いないはずだが、どうやら明里は爽良の体を奪わなかったらしい。

むしろ、明里は夢の中で、明里しか知らないはずの過去の光景を爽良に見せた。

明里が爽良になにを訴えようとしていたかはわからないけれど、全身で感じた強い悲しみと無念が、心に深く染み付いている。

「明里……？」

日比谷は甘い声でふたたび明里の名を呼んだ。

名を呼ばれた瞬間、爽良の心に激しい憤りが込み上げてくる。

「日比谷さんは……、明里さんが本当にあなたのことを愛していたって信じてるんですか……？」

思ったよりも冷静な声が出た。

日比谷は一瞬目を見開き、けれど、すぐに笑みを繕い首をかしげる。

「明里、……なんの話？」

「私は、監禁された明里さんが、おかしくなっていく姿を見ました」

「……どうした？　機嫌が悪いの？」

日比谷は猫撫で声で宥めながらも、表情は酷く強張っていた。

刺激するのは危険だとわかっているのに、まるで作業のように首を吊ってしまった明里の最期を思い浮かべると、言葉が止まらなかった。

「……私、変だなって思ってたんです。初めて明里さんの肖像画を見たときから。……だって、どの明里さんも、目が笑ってないから。私には恋愛のことなんてよくわからないけど、少なくとも、あれが愛した人を見つめるときの表情じゃないってことだけはわかります」

「…………」

「彼女、自殺だったんでしょう……？　あれは、あなたに怯えてる表情なんじゃないんですか？」

「明里」

日比谷の声が、低く重くなった。

見れば、さっきまで幸せそうだった視線も冷たく据わっていて、心臓がドクンと大きく震える。

「なんでも与えてあげたのに、なに言ってるんだよ」

「……あなたが与えたものは、明里さんが求めていたものじゃないです……」

「あんなに美しかったのに……、吊り下がる君を見て、どれだけ悲しくなったと思っているの。あんなに青く、黒くなって——」

「……やめてください」

会話が成立するなんて期待していなかったけれど、日比谷が淡々と口にする言葉は、爽良の精神を抉った。

まるで、死体となり美しさを失ったことを責めているかのような言い方に、やはり日比谷にとって明里は美しいコレクションの一部だったのだと確信する。

同時に、底冷えするような恐怖が込み上げてきた。

「明里さんは、もういないんですよ。……あなたのせいで」

「いるじゃない、僕の目の前に」

「それは、あなたの都合のいい幻想です。……私の中に、明里さんはいません。きっと、あなたに会いたくないから……」

ただ、——そう言いながらも、爽良にはどうしてもわからないことがあった。

それは、この部屋にかすかに感じる、明里の気配のこと。

日比谷に追い詰められて自殺したのなら、留まっているのは恨みの念だと考える方が自然だ。

しかし、もしそうなら、爽良の体を使って日比谷に直接危害を加えるくらいの衝動を持っていてもおかしくないのに、明里は結局体を使わず、ただ爽良に自分の過去を見せただけで、それ以外なにもされていない。

謎が多いけれど、ただ、今はそんなことをゆっくり考えている余裕はなかった。

「幻、想……？」

日比谷の顔から、笑みが消える。

その表情は、明里に向けていたものとは明らかに違っていた。

「じゃあ、明里をどこにやったの」

抑揚のない声が響き、空気が一気に緊張を帯びる。

「どこに……って」

「君が奪ったの？」

「だから、奪ったのは私じゃなくて——」

そう言いかけた瞬間、日比谷の手に握られた鈍く光るものが目に留まり、爽良は息を呑んだ。

それは、平たいコテ状をした、ペインティングナイフと呼ばれる画材のひとつ。刃物ではないが、先が鋭利に尖っている。

日比谷はその先を爽良の方に向け、じりじりと距離を詰めた。

「なに……してるんですか……」

「明里は」

「日比谷さん……」

「明里はどこ」

「やめ……」

手も足も震えて立ち上がることができず、ゆっくりと後退ったものの、背中はすぐに壁に当たる。

慌てて横に逃げようとした瞬間、日比谷が即座に壁に手を付いた。

「っ……」

声を出すこともできず、爽良は覆い被さってくる日比谷を必死に押し返す。

けれど、力ではとても敵わず、やがて、ペインティングナイフの鋭利な先端が爽良の首に迫った。

日比谷は完全に正気を失っていた。

その目はまるでなにかに操られているかのように空虚で、感情ひとつ映していない。

命の危機すら迫る緊迫した状況の中、日比谷の心もかつて酷い壊れ方をしたのだと、妙に冷静に察している自分がいた。

ただ、たとえそうだとしても、爽良の心の中に同情する気持ちは少しもなかった。

「どんな、事情があったと、しても……、あなたは、間違ってる……、昔も、今も……」

無理やり声を出した瞬間、日比谷の瞳が揺れ、かすかに力が緩む。

ただ、爽良の気力はもはや限界を迎えようとしていた。

声を出すごとに酷い目眩に襲われ、意識が遠退き視界がぼやける。けれど、苦しくてたまらないのに、不思議と言葉が止まらない。

「大切に、する、方法……が、いつも……」

まるで誰かの思いを代弁しているようだと、爽良は思う。

しかし、その瞬間、日比谷の力がふっと緩んだ。

「あ、かり……？」

さっきまで淡々としていた日比谷の声は、弱々しく震えていた。そして、突如、爽良の体を強く抱き締める。

ぐったりと力を抜いた瞬間、ペインティングナイフが床に落ち、カランと音を立てた。

――そのとき。

突如、ガタンと大きな音が響くとともに、部屋が大きく振動した。

すぐにバタバタと足音が近付き、懐中電灯の灯りに照らされる。眩しさに耐えながら顔を上げると、日比谷の肩越しに見えたのは、礼央の姿。

「れ……」

名を呼んだつもりが、声にならなかった。

どうして気付いてくれたのだろうと疑問が浮かんだけれど、顔を見た瞬間に安心感が込み上げ、そんなことはどうでもよくなった。

一方、礼央はこれまでに見たことがないくらい冷ややかな目で日比谷を見下ろし、躊躇いもなく襟首を摑んで爽良から引き剝がす。

勢いよく背後に倒れた日比谷は、明里の肖像画を蹴散らしながら壁にぶつかり、ぐったりと項垂れた。

礼央はキャンバスに埋もれて動かなくなった日比谷を一瞥し、それから爽良の前に膝をつく。

「……爽良」

声が少し震えているような気がした。

大丈夫だよと言ってあげたいのに、揺れる瞳があまりにも辛そうで、胸が詰まって言葉が出ない。

礼央は、爽良の無事を確かめるようにかすかに頰に触れ、それからそっと頭を引き寄せた。

爽良の体は、礼央の両腕にすっぽりと収まる。

突然のことに戸惑ったものの、それよりも礼央の馴染んだ香りが心地よくて、爽良はその肩に額を寄せた。――そのとき。

「あーあ。警察呼ぶやつじゃん、これ」

状況にそぐわない間延びした声が響き、視線を向けると、呆れた表情で部屋に入ってくる御堂と目が合った。

御堂は雑然とした部屋をぐるりと見回し、倒れる日比谷の前に立つ。

「監禁は犯罪だよ。余罪も山程ありそうだけど」

日比谷はかすかに目を開けるが、とくに動揺しているような様子はなかった。

ただ悲しそうに遠い目をし、長い溜め息をつく。そして。

「今……、爽良ちゃんの中に、明里がいたと思ったのに……」

弱々しくそう呟いた。

この期に及んでそんなことを口にする日比谷に、爽良はふたたび恐怖を覚える。

しかし、顔を上げた日比谷の目に、さっきまでのような常軌を逸した危うさは感じられなかった。

「さっき上原くんから聞いたけど、明里って死んだ恋人のことでしょ？　その人を、爽良ちゃんに憑依させようとしてたの？　そんなこと、霊能力者でもなきゃそうそうできないよ。……っていうかこの部屋、入ってみたら霊の気配が異常に多いんだけど、どうやって隠してたの？　あんたもしかして、霊能力者？」

緊張感漂う空気の中、御堂はいたっていつもと変わらない様子で淡々と疑問をぶつける。

それを聞いて思い出すのは、御堂も、礼央までも、三〇一号室に不穏な気配はないと話していたこと。

霊の気配を隠すなんて、明らかに素人にできることではない。

しかし、日比谷は首を横に振る。

「……そんなの知らない。そもそも、気配が多いって……？　ここにいるのは、明里だけじゃないってこと……？」

日比谷が嘘をついているようには見えず、むしろ、別の気配があることにショックを受けているようだった。

おそらく、御堂や礼央程の鋭い霊感はないのだろう。

ならば、あえて気配を隠すなんて芸当が、日比谷にできるはずがない。

いったいどういうことなのか、ただでさえ思考能力を失っている爽良には予想もつかなかった。——すると、そのとき。

「この部屋は、三十年前に一度結界を張られてるらしいから、その効力がまだ残ってるんじゃないの」

そう口にしたのは、礼央。

いきなりサラリと語られた事実に、爽良は驚く。ただ、それ以上に驚いていたのは、御堂だった。

「なに、それ。どういうこと？」

「管理日誌を読んでたら、そういう記述があった」

「管理日誌てあの分厚いやつ？……三十年前まで遡って読んだの？　日比谷さんが鳳銘館に住み始めたのは二年前なのに？」

「三〇一号室に関連がありそうな箇所だけ。この部屋、前を通っても気配が全然なかったし、鳳銘館では逆に不自然なんじゃないかと思ったから。危険の芽は全部摘んでおきたくて。毎日少しずつ遡って読んでた」

「すごい根性……逆に怖……」

「そしたら結界を張ったっていう記述を見付けて、これのせいで霊の気配が隠されてるのかもしれないと思って爽良にメッセージを送ったけど、反応がないから嫌な予感がした」

「でも、もう夜だったんじゃ……」

「うん。寝てるんだろうと思ったけど、部屋の前を通ったら灯りが漏れてて。ただ、声をかけても反応がないし、鍵も開いてるし、でも中に爽良はいないし、ってなると、もうこの怪しいオジサンがどこかに連れて行ったとしか思えないでしょ。爽良のこと、気に入ってたみたいだから」

「……なにその勘」

「で、万が一やばい霊が出たときのために御堂さんも連れてきた」

御堂は明らかに引いていたけれど、その勘がなければ今頃どうなっていたかわからない。

礼央ならきっと気付いてくれると信じてはいたが、そのあまりの早さに、爽良はただただ驚いていた。

礼央はきっと、日比谷から鍵を渡されたことを話した瞬間から、ずっと警戒していたのだろう。

一方、雨漏りをしているという日比谷の言葉を疑いもせず、携帯も持たずに慌てて付いてきてしまった自分が情けなくて仕方がなかった。

「心配かけて、ごめん……」

震える声で呟くと、爽良を抱きしめる礼央の両腕にぎゅっと力が籠る。

「いいよ。俺の役目だから。それより、御堂さん早く警察呼んで」

「……俺パシリ？」

「爽良が無事でなによりだけど、初犯なら執行猶予ついちゃうな」

「人の話聞いてる？」

「できれば投獄されたまま一生出てきてほしくないんだけど」

礼央は一見冷静で、声も落ち着いていたけれど、いつもよりも速い口調が動揺を物語っていた。

そんな礼央はこれまでに一度も見たことがなく、爽良は少し体を離し、礼央の目を見つめる。

「礼央……、私は無事だから……。それに、日比谷さんは私を気に入ったわけじゃなくて、明里さんのことしか考えてなくて……」

「いや、たとえ今無事でもなにも大丈夫じゃない。明里さんって、インタビュー記事に書いてあった、長野の山奥で一緒に自給自足生活してたっていう人でしょ。自給自足生活なんて、物は言い様だよね。さしずめ、自分の想いを受け入れてもらえないからって、自分の傍から逃げられないよう女性一人じゃどこにも行けない山奥に隔離してたんじゃないの」

夢で見たことをまだ話していないというのに、礼央が語った予想は、爽良の認識とほぼ一致していた。

「そんな勘違い野郎に目を付けられた時点で大丈夫なはずがない。……っていうか、明里さんの死因は？　まさか、耐えかねて自殺した？」

「礼央……」

ついには自殺のことまで言い当て、爽良は驚く。

すると、しばらく身動きひとつ取らずに俯いていた日比谷が、苦しそうに嗚咽を漏らした。

「やめてくれ……。僕は勘違いなんかしてない……。現に、明里は今も、僕の傍にいるじゃないか……。本当に愛してたし、……愛されてた瞬間も、確かにあったんだよ」

その様子を見ながら、御堂がうんざりした表情を浮かべる。

「過去形だね。つまり、逆に愛情が向けられなくなった実感もあったってこと？」

日比谷はその指摘に肯定も否定もせず、ふたたび俯いた。御堂は面倒臭そうに溜め息をつく。

「そりゃ、いくら愛情ゆえの行動だったとしても、監禁された方は愛どころじゃないでしょ」

「……ずっと傍にいてもらうにはどうしたらいいか、僕は、わからなくて」

「子供じゃあるまいし」

「初めて、好きになった人だったから、僕は……、どうしても……」

日比谷の目から、大粒の涙が流れる。

ついに頭を抱える御堂を他所に、礼央はもはや聞こえていないかのように反応ひとつしない。

しかし、そんな日比谷の姿を見て、爽良は心に重苦しい痛みを覚えていた。

同情したわけではなく、日比谷が口にした、ずっと傍にいてもらう方法がわからないという苦しさには、心当たりがあったからだ。

ふいに、両親に好かれたくて日々顔色を窺うことに必死だった幼い頃の記憶が脳裏に過る。

子供にとって、親の存在はあまりに大きい。

爽良は、普通の人には視えないものが視えるという秘密を持っていただけに、嫌われてしまえばなにもかも終わりだと怯え、どんなに優しくされても拭いきれない不安を抱えていた。

おそらく、日比谷にとっての明里も、すべての中心といっても過言ではない程大きな存在だったのだろう。

「私は、夢で明里さんを見ましたけど……、すごく悲しそうでした。だけど、そのとき感じたのは、日比谷さんのことを恨んでいるような気配とは少し違っていて、……なんだか不思議だなって思ってました」

「爽良……？」

礼央が瞳を揺らす。

酷い目に遭ったというのに、普通に話しかけていることが信じられないのだろう。

爽良自身、自分がなにを言いたいのか、よくわかっていない。

ただ、そのときの爽良は、なにかを伝えなければならないという強い衝動に突き動かされていた。

「だから、もしかしたら、明里さんがあなたのことを好きだった瞬間が、過去には本当にあったのかもしれないなって思いました。……もし、あなたがこの部屋で気配を感じたのなら、それは、当時の明里さんのものなんじゃないかって」

「………」

「あなたの愛し方は間違っているし、到底許されないことですけど……、もし当時の明里さんの念がここに残っているなら、その思いに報いる方法だけは間違っちゃダメなんじゃないでしょうか……」

その瞬間、――ふいに、頭の中にピアノの音色が響いた。

一瞬、夢と現実が混同してしまっているのではと思ったけれど、その音に反応したのは爽良だけでなく、全員が同時に辺りを見回す。

それは、爽良がこれまでに聞いた中でもっとも優しい旋律で、混沌とした空気をほぐすように、柔らかく響いた。

「これ……、初めて会ったときに、明里が弾いてた曲……」

日比谷が呟くと同時に、ピアノの音色がより鮮明さを増す。

「……明里さんとは、どこで出会ったんですか？」

御堂や礼央が呆れている気配を痛い程感じていたけれど、爽良には、過去を正しく振り返ることが、明里の念が癒されるための必要な工程に思えてならなかった。

日比谷は、逡巡するようにゆっくりと瞬きをする。

「……僕の個展の初日のセレモニーでピアノを弾いてたのが、明里だった。……あのときの衝撃は忘れられない。……一目惚れだったんだ」

日比谷が語りはじめたのは、遠い過去の話だった。

日比谷の作品が注目されるキッカケとなったのは、たまたま有名なアートプロデューサーの目に留まったこと。

それまで細々と創作をしていた日比谷は、その日以降、みるみる知名度を上げたのだという。

評価されたのは、少しずつ集めていたアンティーク家具を描いた静物画。

プロデューサーの手腕によって作品の露出の機会が増え、価値はみるみる上がり、日比谷自身、なかなか頭が状況に付いていけないでいる中、突如、これまでになく大きな会場で個展を開くことを提案された。

よくわからないまま首を縦に振り、言われるがままに着飾って迎えた初日、会場での生演奏に呼ばれたピアニストが、明里だった。

その美しい姿を見た瞬間、全身に電流が走るような衝撃を受け、目が離せなくなったと日比谷は話す。

挨拶（あいさつ）すらまともにできないくらい、一秒でも長く明里のことを見つめていたかったと。

生まれて初めて人物画を描きたいと思ったのも、その瞬間だったという。

これまで恋愛という恋愛をしてこなかった日比谷だったけれど、これっきりになってしまうことがどうしても嫌で、その日、駄目元で肖像画のモデルになってもらえないかと声をかけた結果、明里は快く了承してくれたらしい。

その瞬間のことを、日比谷は奇跡だと話した。

後々、ピアニストを手配したプロデューサーから、そもそも明里は日比谷の作品のファンであると、あまり売れない頃から日比谷の作品を知っていて、演奏の話をとても喜んでくれていたのだと聞かされ、日比谷の想いは一気に膨れ上がる。

それから、想いが通じ合うまでにはさほど時間はかからず、日比谷は夢のような日々を過ごした。——けれど。

すっかり明里の美しさに心酔した日比谷は、明里以外のすべてに対する興味を徐々に失っていった。

静物画を描くことを止め、ひたすら明里だけを描き続けた結果、プロデューサーにも愛想をつかされてしまう。

しかし、すでにかなりの額を稼いでいた日比谷は、そんなことを気にも留めなかった。

そして、過剰な愛はやがて支配欲に変わり、明里に対する束縛は日に日に強くなっていく。

明里の気持ちが徐々に離れていくことを肌で感じながらも、それを認めるのが怖く、いつまでも気付かないフリをし、——最終的に日比谷が選んだのは、長野に買った別荘に明里を閉じ込め、二人っきりで暮らすこと。

二人しかいない場所ならば、もう一度自分を見つめてくれるはずだと考えての、苦肉の策だったと日比谷は言う。

そして、日比谷は旅行と偽って明里を別荘に誘い、そのまま部屋に監禁した。

そこは、交通手段も車以外になく、近くには店も民家もない、世の中から完全に孤立した場所だった。

携帯の電波も入らないような山奥だが、日比谷は明里の携帯を取り上げ、日用品を買いに出たときに、明里へのメールすべてに「しばらく恋人の別荘で過ごす」と連絡を返した。

二人の関係は周知の事実であり、そもそも明里は日比谷の束縛によって友人とも疎遠になっていたため、それを怪しむ人間は一人もいなかった。

そのときの日比谷は、これでようやく明里を自分のものにできたと、本気で思っていたのだという。

しかし、当然ながら明里の気持ちは思い通りにならなかった。

ピアノを置き、喜びそうなものを思いつく限りプレゼントしても、明里はみるみるやつれ、笑顔を完全に失ってしまう。

明里を傍に置くことだけに執着し、とうに正気を失っていた日比谷には、明里が生気を失っていく理由すらわからなくなってしまっていた。

明里が自殺したのは、監禁して二ヶ月が経った頃。

カーテンレールを使っての、首吊り自殺だった。

当時は、明里が亡くなった部屋に外鍵があったことで、日比谷は警察から自殺との因果関係を疑われたけれど、日比谷があまりのショックから精神を病んで入院したことや、二人の関係性を知る人間から事件性を疑うような証言が得られなかったことから、結果、衝動的な自殺として処理されたらしい。

「――死んだ理由なんて、考えたくなかった。……だから、考えなかった。僕は明里が死んでもなお彼女の気配を求めてた。……そんな頃、この部屋で明里の絵を描いていると、かすかに明里の気配を感じたんだよ。……それだけじゃなく、ときどき天井から物音がしたり、足音が聞こえることも。明里が自分の存在を知らせているような気がして、僕は、何枚も明里の顔を描いた。……僕が描いた明里に、魂が宿ってくれたらいいと思って」

それは一度聞いた話だったけれど、口調があまりに弱々しいせいか、少し印象が違って聞こえた。

爽良は、辺りに散らばる明里の肖像画を見つめる。

その、なんともいえない不思議な表情を見ていると、明里が自ら命を絶った理由なんて考えたくなかったと語る日比谷は、本当はすべてを察していたのではないかと思えてならなかった。

「……でも、だんだん物足りなくなって。……やっぱり、寄り添ってほしいと考えるようになって……」

「で、爽良ちゃんを見て、いい器になると思ったの？」

「霊感がある子なら、それが叶(かな)うんじゃないかって……」

日比谷が頷いた瞬間、礼央の目が冷ややかに揺れた。

なんだか不安になって、爽良は礼央の手にそっと触れる。

「礼央、落ち着いて……、明里さんは結局私の体を使わなかったから……」

「そんなの結果論に過ぎない」

「……まあまあ、人に憑いて乗っ取るなんて映画じゃよくある話だけど、さっきも言ったように実際はそんなに簡単じゃないから」

御堂の少しずれたフォローに、礼央はうんざりした表情を浮かべる。一方、日比谷はがっくりと肩を落とした。

「……簡単にできるなんて思ってない。でも、僕が明里を求める気持ちは、そんなに薄っぺらいものじゃない……」

礼央の目に、ふたたび強い怒りが宿る。――しかし。

「……いい加減、夢から覚めなよ。……どれだけ大切に思っていたとしても、明里さんを死に追いやったのは紛れもなくあんたなんだから」

そう口にしたのは、御堂だった。

声色が、これまで聞いたことがないくらいに重い。

御堂は明里の肖像画を一枚拾い上げると、なにかを見定めるように険しい表情を浮かべる。

「……残念だけど、この絵に憑いてるのも、部屋に集まっているのも、たわいもない浮遊霊ばかりだ。さっき爽良ちゃんはずいぶんポジティブな予想をしてたけど、残念ながら間違ってる。あんたが明里さんだと思い込んでいたのは、多分あんた自身の異常な執着から生まれた念。いわゆる生き霊だよ」

その瞬間、日比谷が大きく目を見開いた。

「生き霊……？」

「で、そのややこしい念が、大人しくしていた浮遊霊たちの感情を刺激して、明里さんの偽物を作り上げたってところかな。……偶然にも結界が張られてたせいで、俺は全然気付かなかったけど。つまり、あんたは偽物にからかわれたんだよ。明里さんになんの縁もない浮遊霊から」

「そんな……」

「気配なんて、いくらでも都合よく解釈できるものだし、あんたみたいに中途半端な霊感を持った人間は、よくそういう勘違いをする。……冷静に考えてみなよ。監禁されて自殺した女性が、あんたに寄り添いたいなんて思うはずがないじゃん」

「じゃあ、明里はここに……」

「いないよ」

御堂がぴしゃりとそう言い放った瞬間、日比谷はまるで魂が抜けたように動かなくなった。

ただ、御堂の説明に混乱していたのは、爽良もまた同じだった。偽物の明里だと言われても、爽良にとっては説明がつかないことがいくつもある。

しかし、それを問う隙も与えられないまま、突如、礼央が爽良の手を引き立ち上がらせた。

「……俺は爽良を連れて行くんで、後よろしく」

「はいはい、了解」

礼央は日比谷に目もくれずに部屋を出る。

すれ違いざま、御堂が爽良の肩にそっと触れた。

「ごめんね、怖い思いさせて」

「そんな、御堂さんのせいじゃ……」

「とりあえず、今日は少しでも休んで。爽良ちゃんは被害者だし、明日警察にいろいろ聞かれると思うから」

御堂は最後まで言い終えないうちに、携帯を取り出す。

「……はい」

爽良は頷き、礼央に連れられその場を後にした。

階段を下りながら、礼央はしばらく黙っていた。

ふと、部屋に踏み込んできたときの礼央の様子が頭を過る。

あのときの、明らかに冷静さを欠いている表情を見た瞬間、安心よりも先に、なんて顔をさせてしまったんだろうという苦しさを覚えた。

気持ちが落ち着くにつれ、徐々に後悔が押し寄せてくる。

礼央は今なにを考え、どんな顔をしているのだろうと、想像するのが少し怖い。――しかし。

「あいつから、なにかされた？」

突如響いたのは、いつもと変わらない礼央の声。

戸惑いなかなか答えを返せないでいると、礼央は一階まで下りて立ち止まり、振り返った。

「爽良？」

一見冷静に見えても、瞳の奥には隠しきれない怒りが滲んでいるようで、爽良は慌てて首を横に振る。

「そんな、乱暴なことはなにも……」

「……なにもってことはないでしょ。抱きしめられてたし」

「で、でも、それ以上のことは……」

「十分だよ」

「ご、ごめん……」

普段はない圧に、爽良は反射的に謝る。

すると、礼央は我に返ったように瞳を揺らし、首を横に振った。

「……違う。ごめん、爽良を責めてるわけじゃない」

それは、礼央の動揺が痛い程伝わってくる、苦しげな呟きだった。

爽良の胸が酷く疼き、どうすれば安心してもらえるだろうかと必死で考えたけれど、礼央がくれるようなさりげない言葉が、なかなか思い付かない。

礼央からはいつも支えられ、安心を貰ってばかりだというのに、なにもできない自分がもどかしかった。

結局、爽良はなかば衝動的に礼央の手を取り、両手で包む。

「あの……、ありがとう」

ありきたりな言葉しか持っていない自分が、歯痒くて仕方がなかった。ごく狭い人間関係の中で生きてきたせいだと今さら後悔しても、もはやどうにもならない。

ただ、そんな中、爽良よりも少し高い体温を両手に感じながら、礼央の手はこんなに大きかっただろうかと、まったく違うことを考えてしまっている自分がいた。

「いいよ」

礼央の瞳の強ばりが、ほんのかすかに緩む。

その表情が、爽良のもどかしさを余計に煽った。

「あの……、今日だけじゃなくて、いつも……。っていうか、……出会ったときから、ずっと助けてもらって、私……」

いざ言葉にしてみると支離滅裂で、爽良は途方に暮れる。

　すると、礼央が爽良の頭にそっと触れた。

「どうしたの」

　それはまるで小さい子供にするような仕草だった。けれど、不思議なくらいに気持ちが落ち着いていく。

「ごめん、……どう言えば伝わるかわかんない。けど、……私、幼馴染(おさななじみ)が礼央で、本当によかったって思っ……」

　ふいに礼央が笑った瞬間、何故だか、目の奥が熱を持った。

　この感情がなんなのか、爽良にはよくわからない。

　爽良は礼央の手をさらに強く握り、込み上げてくるものを必死に堪(こら)える。

　すると、礼央がそれをさらに強く握り返した。

「だいたい伝わったからいいよ」

「…………」

「少し落ち着いた。ありがとう、爽良」

　どうして礼央がお礼を言うのだろうと思うけれど、礼央の表情に胸がいっぱいで、爽良はなにも言えなかった。

　事件の後、緊張から解放されたせいか気絶するように眠った爽良は、警察が来たことにも気付かないまま朝を迎えた。

日比谷が連行され、現在勾留（こうりゅう）中であることを聞いたのは、御堂に呼ばれて行った談話室でのこと。

ただ、あまりに日常離れした出来事だったせいか、もはやドラマの話を聞いているかのような違和感があった。

「それにしても……、日比谷さんの件で危険な目に遭わせてしまったことは言うまでもないけど、爽良ちゃんから三〇一号室が変だって聞いたときに、もっと注意しておくべきだったって反省してるよ。ごめんね」

「そんな……！　日比谷さんのことも私の油断が原因ですし、大昔の結界のことなんて、わからなくて当然ですから……」

「って考えると、上原くんはやっぱりすごいね」

「……すごく、助けられてます」

唐突に礼央の話題になり、思わず動揺してしまった爽良を、御堂は楽しそうに笑う。

「とりあえず、被害届をどうするかも含めて、事情聴取に協力してほしいって警察官が言ってたよ。時間も場所も爽良ちゃんの都合に合わせるって話だし、連絡してあげて。なんなら談話室を使ってもいいから」

「いえ……、住人の方々を驚かせちゃうと申し訳ないので、私から行きます」

「そう？……ま、上原くんが同行するなら心配ないか」

まだなにも言っていないのに、当たり前のようにそう言われ、爽良はふたたび動揺した。

御堂は人の悪い笑みを浮かべ、立ち上がる。

「今日は仕事しなくていいから、ゆっくりしてて」

「そんな、私は大丈夫です……！」

「いいから。そうしてくれた方がこっちも落ち着くから」

「……なら、お言葉に甘えて」

あまりに優しくされると、昨日の出来事が、自分が思う以上に大きな事件だったのだと実感する。

冷静に考えれば、精神を病んだ男に監禁されたのだから当然の反応かもしれないが、当事者の爽良は少し戸惑っていた。

むしろ、爽良の中でいまだに心に引っかかっているのは、あの部屋で覚えた明里の気配のこと。

御堂は偽物の気配だと言ったが、それがどうしてもしっくりこない。

爽良は不思議な夢を通じて、別荘で起きた過去の監禁の実態や、明里の死の瞬間まで知った。

すべて事実の通りなら、本来は明里にしか知り得ないことだが、事実かどうかを確認する方法はもうない。

ただ、今になって改めて考えると、日比谷に危険な思想があることを警告されていたような気すらしている。

「あの……、御堂さん。明里さんの気配のことですが……」

疑うようなことを言うのは躊躇われたけれど、モヤモヤしたまま過ごすのも気持ちが悪く、爽良は思い切って御堂に切り出す。――すると。

「残ってたよ、明里さんの念」

まるで頭の中を読まれていたかのような答えが返ってきた。

「え……？」

「本当にカケラのような小さなものが、いくつか。多分、中には、日比谷さんの心が歪んじゃう前の、幸せだった頃の明里さんの念もあったと思う」

まさかの言葉に、爽良は驚く。

「本物の、ってことですよね……？」

「うん。今回のことで、芸術家ってすごいなって思ったよ。作品に込める気持ちが、俺みたいな凡人には到底理解できないくらいに大きいんだと思う。日比谷さんの愛し方は間違っていたけど、愛してたっていう気持ちはすごく純粋なものだったんだろうね。絵には、それが詰まってたんじゃないかな。幸せだった頃の明里さんの念が呼び寄せられちゃうくらいに」

「でも……、だったらどうして偽物だって……」

「彼は知らない方がいいから。……自分の都合のいい念だけ呼び寄せて現実逃避するんじゃなくて、自分の間違いのせいで大切な人が死んだってことに、ちゃんと向き合った方がいい」

そう口にした瞬間、御堂の表情にわずかに影が落ちた。

爽良はふいに、悪霊によって母親を亡くしてしまったという、御堂の壮絶な過去を思い出す。

おそらく御堂は、霊の存在を軽視していた当時の自分を、今も責め続けているのだろう。

安易な言葉はかけられず、爽良は口を噤む。

しかし、御堂はすぐに表情を戻した。

「ほら、ああいう人って、美しい思い出だけ持ってると同じことを繰り返しちゃうからね。……実際、監禁されて自殺したなら、そんな都合のいい念だけじゃなく、恨みや怒りや恐怖の念も残ってるはずだよ。多分、亡くなった場所に」

「長野の、別荘にですか……？」

「今頃は多分、禍々しい霊を寄せ集めて、悪霊の巣窟になってると思う。……日比谷さんのことはどうでもいいけど、明里さんは気の毒だから、親父に供養を頼むかなぁ」

「お父様って、御住職の……」

「そう。俺が行くと、ついつい片っ端から祓っちゃうかもしれないしね。あんまり優しい対処ができないから」

あくまで軽い口調でそう言う御堂が、なんだか痛々しかった。

けれど、かけるべき言葉が見付けられず、爽良はただ黙って俯くことしかできなかった。


それから数日。

ようやく日常に戻りかけた頃、警察から、日比谷の勾留が延長され、現在は明里の監禁についての再捜査が行われているという連絡があった。

爽良の監禁の件だけなら、起訴されたとしてもほぼ確実に執行猶予が付くだろうと予想していたが、明里の監禁や自殺との関連が認められた場合は、裁判も長引くだろうという話だった。

「愛情ってこじらせると怖いよね」

昼下がりのウッドデッキで礼央にそのことを報告すると、礼央は少し物憂げにそう呟いた。

「そうだね。正気を失う程の愛なんて、私には想像もできないけど」

「知りたいの？」

「……ううん。私は誰とも恋愛したことなんてないから、あんなことがあり得るんだって思うと怖いよ。そもそも、人と話すのも苦手な私には恋愛自体も現実味がないっていうか……いっそ、このままでもいいかなって」

「……爽良」

「──なかなか手強そうだねぇ、爽良ちゃんは」

突如会話に割って入ったのは、御堂。

爽良は驚き、ビクッと肩を揺らす。

「御堂さん、驚かせないでください。……っていうか、手強いって……？」

「こっちの話。ね、上原くん」

「なんか用？」

礼央はいつも通りの塩対応で、パソコンに視線を落とす。御堂は苦笑いを浮かべ、わざとらしく礼央の横に座った。

「いや、ちゃんと用はあるよ。前に言ってたでしょ、管理日誌に、三十年前に三〇一号室に結界が張られた記録が残ってたって。それがずっと気になってたから、聞いておきたくて」

「そういえば、そうでしたね……」

ゴタゴタしていたせいですっかり忘れていたけれど、三〇一号室の霊の気配が曖昧になっていたのは三十年前に張られた結界の効果だと、礼央が管理日誌から見つけ出した記述によって判明した。

十年前から住んでいる御堂すら、どうやらそのことを知らなかったらしい。

「三十年も効力が残る結界ってかなり強力だし、そんなことができる人間なんて身近には俺の親父くらいしか思い付かないんだけど、どういう経緯でそんなことになったのかなって。

御堂が尋ねると、礼央はしばらく考え込む。

「……曖昧だけど、誰かを隠すためって書いてあったような気がする。……確か、女性の名前」

「隠す……？　つまり、三〇一号室の住人を、霊の目に触れないようにしたかったってこと？」

「記憶が曖昧だから後で日誌見て。とはいえ、ほんの数行だったし、詳しく書かれてなかったけど。――ただ」

ふいに、礼央が眉を顰めた。

辺りの空気がかすかに緊張を帯びる。

「他の住人は御堂さんや子供以外全員苗字で書いてあるのに、その人のことは下の名前で書かれてたから、庄之助さんの知り合いなんじゃないかと」

「……庄之助さんが、下の名前で呼ぶ女性？」

御堂の雰囲気が、わずかに変わった。

「あの、私、管理日誌を持ってきますね」

結界の存在を知ったのは偶然だけれど、そこになにか重要な事実が潜んでいる気がして、爽良は慌てて立ち上がる。――しかし。

「――杏子、だったような」

礼央がその名を口にするやいなや、御堂が大きく目を見開き、爽良は思わず動きを止めた。

「杏子って言った？」

「確か」

「……それ、多分……、俺の母親のことだわ」

「母親？」

「…………」

御堂はかなり動揺しているように見えた。

それは無理もなく、結界で身を隠していたのが自分の母親だったなんて、本当ならばかなり衝撃的な事実だ。

御堂はしばらく考え込んでいたものの、不安げに見つめる爽良と目を合わせた瞬間、我に返ったかのようにいつも通りの笑みを浮かべた。

「……ま、いいや。母が憑かれやすい人だったっていうのは確かだし、当時なにかあったんだろうね。今度親父に直接聞いてみるよ」

「御堂さん……」

言葉とは裏腹に、その表情からは、御堂にしてはあまりにわかりやすいくらい、無理をしていることが伝わってくる。

御堂は話を終えようとしていたけれど、意味深な話を聞いてしまった以上、爽良はとても落ち着いてはいられなかった。

「やっぱり日誌を持ってきます。もしかすると、どこかに関連することが書いてあるかもしれないですし……」

しかし、御堂は部屋へ向かおうとする爽良の腕を掴む。

「いや、いいよ爽良ちゃん。大昔の話だし、親父に聞けばわかることだから」

「でも……」

「大丈夫」

表情は笑っているのに、そのひと言には妙な威圧感があった。

爽良は戸惑いながらも、ふたたび椅子に腰掛ける。——そのとき。

突如、御堂の携帯が着信を知らせた。その、あまりにけたたましい音量に、爽良はビクッと肩を揺らす。

「ごめん、豪雨の中で作業したときに音量上げたままだった」

御堂が苦笑いを浮かべ、場の空気がわずかに緩んだ。

しかし、御堂はディスプレイを確認すると、眉根を寄せる。

「親父だ。……噂をすればだね。今日は日比谷さんの別荘の供養に行ってもらってるはずだけど、気になるからちょっと出るよ」

御堂は通話をタップし、爽良たちから離れながら会話をはじめた。

爽良は礼央と顔を見合わせ、小さく溜め息をつく。

「御堂さんのお父さんに供養をお願いするって聞いてはいたけど、今日だったんだ……。全然知らなかった」

「だね。……それより、供養と祓うって具体的にはどう違うんだろう」

「私にもよくわからないんだけど、お葬式とか四十九日のときにお坊さんがやってくれるのが供養だとすると、そっちは、きちんと成仏できるように癒す、みたいな感覚なのかなって。……祓うっていうのは、御堂さんの言い方だと、強引に消し去るみたいな感じ……なのかな」

「なるほど」

「明里さんの魂も、きちんと癒されてくれたらいいけど……」

爽良は、苦しそうにピアノを弾く明里の姿を思い浮かべる。

あのときの演奏を今も印象的に覚えているし、どんなに辛かっただろうと想像しただけで胸が苦しい。

一方、日比谷を本当に愛していた頃の気持ちも念として残っていたと知ったときは、かなりの衝撃を受けたし、人とはなんて複雑な生き物なのだろうと強く思った。

同時に、爽良がこれまで遭遇してきた多くの霊たちも、さまざまな思いを抱えていたのだと想像すると、なんとも言えない気持ちになった。

なにもできなかったとしても、怖がるだけではなく、もう少し寄り添うこともできたのではないかと。

危険な発想だとわかっていながら、過去を思い返すたび、最近の爽良はそんなことばかり考えてしまう。――そのとき。

「は？　それどういう意味？」

突如響き渡る、御堂の動揺した声。

考え込んでいた爽良は、途端に我に返った。

「……そんなはずないだろ。……いや、あり得ない。……車でなきゃ辿り着けないような場所なのに？　まさかこの時代に、旅の修行僧が偶然通りかかったとでも言いたいの？」

それは、御堂にしては珍しく荒い口調だった。

聞く限り、話題はおそらく日比谷の別荘のこと。どうやら想定外の問題が起こっているらしい。

なんだか嫌な予感がして、爽良は固唾を呑んで御堂の背中を見つめる。――すると、そのとき。

「――じゃあ、気配がないってどういうことだよ」

そのひと言で、爽良はすべてを察した。

どうやら、御堂の父親が供養するつもりだった明里の念が、現地で見当たらないらしいと。

　そう理解すると同時に、得体の知れない恐怖が込み上げてくる。

　御堂が父親に、わざわざ遠方に出向いてもらってまで供養を頼んだくらいだから、明里の念の存在があることはただの予想ではなく、確信を持っていたはずだ。

　それが急になくなったというのは、御堂の様子から察するに、相当不自然な出来事なのだろう。

　御堂は混乱した様子で、額の汗を雑に拭う。

「強い念が残ってるはずなのに、いきなり自然消滅なんか……って、……親父、それ、まさか……」

　そのとき、突如御堂の声色が変わった。

　不安が膨らんでいく爽良を他所に、御堂は相槌ひとつ打たないまま、しばらく黙り込む。――そして。

「いや、いい。……俺から連絡してみる」

　その言葉を最後に、通話は終わった。

　長い、沈黙。

　御堂は放心したかのようにしばらく立ち尽くしていて、とても声をかけられる空気ではなかった。

　しかし、突如くるりと振り返ると、さっきまでの様子が嘘のように平然とした表情で、肩をすくめる。

「……明里さんの念、消えちゃってたんだって」

「御堂さん……」

爽良を不安にさせないよう気遣ってくれているのだと、もちろんわかっていた。ただ、今日はなんだか、少し無理しているように感じられた。

御堂には、多くの重く深い感情を抱えていながらも、表面を軽薄な態度で繕い、自分の中に抑え込むような面がある。

爽良はその片鱗を、過去に起きた不幸な出来事を聞いたときから密かに察していた。その完璧さは、昨日今日で身に付けたようなものではない。なのに、今の御堂の顔は、酷く不安げに見える。

「……あの、御堂さん――」

「ほんと、驚くよね」

大丈夫ですかと言いかけた爽良の言葉は、途中で遮られた。

「ってか、さっきの会話で予想してるかもしれないけど、自殺者の無念ってそう簡単に消えるようなものじゃないから、誰かの仕業だってことは確実なんだ。いったいどこの暇人がわざわざそんなことをしたんだろうって思っ……」

「――って言いながら、心当たりがありそうだったけど」

礼央も爽良と同じ違和感を覚えていたのだろう、誤魔化させないとばかりに言葉を被せる。

けれど、御堂はすでに平常通りに戻っていて、さもたいしたことではないと言いたげに頷いた。

「まあ、俺は子供の頃から霊能力者とかそういう類の人間と関わる機会が多かったし、それっぽいことをしそうな人間は、何人か思い当たるよ」

「それっぽいってつまり、頼まれてもないのに除霊するって意味？」

「修業中ならあり得るかもなって」

隙を見せない御堂に、礼央は眉を顰める。

ただ、「それっぽいことをしそうな人間」と聞いた瞬間、爽良の頭には、一人の人物が思い浮かんでいた。

「――依さん、ですか？」

その名を口にした瞬間、御堂の瞳がかすかに揺れる。

当たりだと、爽良は思った。

御堂は苦笑いを浮かべ、観念したように溜め息をつく。

「……まあ、候補の一人ではあるね。確信はないけど」

「依って、前に爽良が言ってた悪霊を集めてる人？」

「端的に言えばそう」

確かに、御堂が藁人形に閉じ込めた霊を奪いに来る程悪霊に執着している依ならば、明里の念を欲しがっても不思議ではなかった。

ただ、そう考えるには、疑問もある。

「だとしても、どうやって明里さんの存在を知るの」

まさに、礼央が口にした通りだった。

御堂にとってもそこは謎なのだろう、難しい表情を浮かべて黙り込む。

そもそも三〇一号室には結界が張られており、明里どころか、集まっていた霊の存在すら誰にも気付かれることはなかった。

すべては日比谷が極端な行動に出たからこそ判明したことであり、偶然以外のなにものでもない。

なのに、その直後に明里の念が消え去っていたなんて、タイミングがよすぎるように思える。

「まるで、ここでのことを全部見られてるみたい……」

それは、とくに意味のある呟き(つぶや)ではなかった。

しかし、ふいに御堂が目を見開き、爽良に身を乗り出す。

「……そういえば、依に会ったんだよね」

「え……？　はい……」

「……俺の目見て」

突然のことにわけがわからず、爽良は戸惑う。

しかし、御堂から向けられた視線に捉え(とら)られた途端、不思議と身動きが取れなくなり、言葉も出なくなった。

それは、まるで頭の中を覗かれているかのような、奇妙な感覚だった。

御堂の瞳が、まるで爽良の瞳の中からなにかを探しているかのように小刻みに動く。

——そして。

「……最悪」

突如そう口にし、爽良の額に手を当てた。

途端に、クラッと目眩を覚える。

「あんた、なにやってんの」

礼央が声を上げたものの、御堂に反応はない。

そのときの御堂からは空気が張り詰める程の気迫が感じられ、礼央ですら、止めることを躊躇っているように見えた。

爽良にはわけがわからず、ただ硬直する。

すると、そのとき。ふいに、頭の奥の方でなにかが蠢くような感触を覚えた。それがあまりに気持ち悪く、額に嫌な汗が滲む。

抵抗するように指先を動かすと、御堂が爽良の手首を摑んだ。

「大丈夫。すぐ終わる」

穏やかな口調に少し不安が落ち着き、爽良は黙って御堂に身を任せた。

やがて、御堂が爽良の額からゆっくりと手を遠ざけると、まるでその手に引っ張り出されるかのように、突如、頭の奥から白く細いものがスルリと飛び出す。

あまりに現実離れした光景に、爽良は言葉を失った。

正体のわからない白いものは、まるで霧のように濃くなったり薄くなったりしながらふわふわと空中を漂う。

御堂はそれを片手で掴み取ると、まるで害虫でも捕まえたかのように握り潰し、ほっと溜め息をついた。

「……終わり」

御堂がそう言って爽良の頭をぽんと撫でた瞬間、嘘のように目眩が治まる。

「あ、あの……、今の白いのって……」

「式神」

「しき……？」

聞き慣れない言葉に、爽良は首をかしげた。

すると、御堂は白い霧を掴んだ手のひらをゆっくり開く。

しかし、そこにはなにもない。

「式神っていうのは、霊能力者がよく使う自分の分身みたいなものだよ。……まあ、普通は人を象った実体のあるものに、――たとえば紙とか人形とかに自分の念の一部を込めるんだけど、どういうわけか、依はなにも使わず式神を扱えるらしい」

「つまり、今の白いのは、依さんの分身ってこと、ですか……？」

「そういうこと。爽良ちゃんに式神を潜ませて、鳳銘館での様子を見張ってたんだと思う」

正直、爽良には、御堂の話を現実のこととして受け入れるのはとても難しかった。

それに、依と会ったのはほんの束の間のことだというのに、あの一瞬で爽良に怪しい術を仕込んでいたなんて、とても信じられない。

「そうだとして、どうして私に……」

「前にも言ったけど、依はそもそも霊が集まってくる鳳銘館に興味津々だからね。ただ、様子を知りたくても俺に式神を仕込めばバレるし、住人とはほぼ会えないし。そんな中、庄之助さんがいなくなったことで隙ができた鳳銘館で、偶然新しい管理人と遭遇して、適役だと思ったんじゃないかな」

「……つまり、私を使って明里さんの存在を知ったってことですか」

「その可能性が高いね。自殺っていうのはただでさえ念が強く残るし、情報を耳にしてすぐに回収しに行ったんだと思う」

「でも私、別荘の場所を、長野の山奥っていうことしか知らないですし……」

「いくらでも調べられるよ、そんなの」

御堂はあくまで可能性という言葉を選んでいたけれど、もはや確信しているように見えた。

もしそうだとするなら、本来は供養されるはずだった明里の魂は、爽良のせいで存在を知られ、回収されてしまったということになる。

そう思うと、胸が酷く痛んだ。

「で、その人に回収された魂はどうなるの？」

黙ってしまった爽良に代わり、礼央が御堂に問いかける。すると、御堂がわかりやすく表情を曇らせた。

「具体的にはわかんないし、正直知りたくもないんだけど、……ただ、使い道なんてそう多くないっていうか」

おそらく、爽良に責任を感じさせないための配慮だろうと爽良は思う。けれど。

「使い道って、なんですか」

想像するだけで恐ろしいけれど、爽良は、どうしてもそれを聞かないわけにはいかなかった。

すると、御堂は小さく溜め息をつく。――そして。

「……多分、呪術かな」

それは、多分なんて曖昧な前置きが無意味なくらいに、絶大なインパクトのある言葉だった。

映画やアニメならともかく、現実の会話でそんな単語を聞く日が来るなんて思いもせず、爽良は絶句する。

すると、硬直する爽良を見て、御堂が苦笑いを浮かべた。

「ちなみにだけど、ひとくちで呪術っていっても、全部が全部恐ろしいものじゃないよ。呪術には長い歴史があって、古から病気の治療や吉凶占いにも使われていた方法だから。陰陽師とか、聞いたことない？」

「……あります、けど」

「でも、依さんがやってるのは恐ろしい方なんでしょ」

礼央から即座に入った突っ込みに、御堂の目がかすかに揺れる。

御堂は言いにくそうにしていたけれど、ただ、明里の霊が回収されたのが事実ならば、いずれにしろポジティブな解釈なんてできるはずがなかった。

御堂から依の裏稼業の話を聞いたときはあまり深く考えなかったけれど、聞けば聞く程、嫌な予想しか浮かんでこない。

「御堂さん……、私を気遣ってくれる気持ちは嬉しいですけど、大丈夫です。……だから、御堂さんが考えてることを教えてください」

爽良は覚悟を決め、はっきりとそう伝えた。

「……まあ、お察しの通りだよ。依が商売にしてるのは、呪いで人を貶める方。呪いには種類も手段も限りなくあるけど、丑の刻参りのような自分自身の恨みの念を利用する方法もあれば、たとえば虫や動物の命を使う方法もあるし、結局のところ念さえあればなんでもいいんだ。つまり、亡くなった人の恨みを利用して人を呪うこともできる。使う念が強ければ強い程、当然強い効果が得られるし、極端に言えば人の命を奪うことだってできる」

「……人の恨みを利用して、無関係な人の命を奪わせるんですか」

「そうだね。まあ、成仏しきれず留まってるような念なんて、そもそもそういうものなんだけど。その熱量を操作して特定の相手にぶつけてるってこと」

「酷いことを……」

魂を道具のように扱うなんて、あまりに残酷で、とても人間のやることとは思えなかった。

爽良は、改めて依の姿を思い浮かべる。

印象的に思い出すのは、可愛らしく、天真爛漫な姿。

禍々しいものとは無縁なように感じられたあの依が、実は呪術のために念を回収して利用し、人に危害を加えていると思うと、全身に寒気が走った。

「ちなみに、そんな人道を外れた方法なんて、言うまでもなく御法度だよ。ま、とっくに勘当された依にはそんなこと関係ないけど」

御堂の補足が、爽良の恐怖をさらに煽る。

すると、静かに説明を聞いていた礼央が、ふと顔を上げた。

「でも、御堂さんのような人たちの界隈で呪術がそう稀有なものじゃないなら、依さんみたいな方法を考えつく人なんて、いくらでもいるんじゃないの。勝手なイメージだけど、そういうアングラな商売って法外な報酬を請求してそうだし、それで儲かるなら、世の中は不審死だらけでしょ」

　礼央の疑問はもっともだった。

　しかし、御堂は神妙な表情で頷く。

「そもそも、世の中はとっくに不審死だらけだよ。俺は寺の生まれだからいろんな話を聞いてきたけど、死因がわからず突然死として片付けられた事例なんていくらでもあるから。もちろん、全部が全部怪しいってわけじゃないけど、明らかに不自然な死に方もあるからね。まあ、見分け方のひとつとしては、呪われて死んだ人の死に顔は、かなり悲惨だ。遺族すらも顔を背ける程、ひたすら苦しみ抜いた顔をしてる」

「…………」

　御堂の話は、淡々とした語り口調とは裏腹に恐ろしく、爽良は震えだした指先をぎゅっと握り込んだ。

　礼央がそんな爽良の背中にそっと触れる。

　すると、御堂は我に返ったように、少し無理のある笑みを浮かべた。

「……とはいえ、呪術って失敗すれば自分に返ってくる危険なものだから、思いつくことはできたとしても、それを実行できる程の高い能力を持つ能力者なんてそうそういないんだよ」

「一人いるだけで十分やばいでしょ。しかも自分の妹のことなのに、悠長に放置してていいの」

「そりゃ放置したくはないけど、あいつにはなにを言っても無駄だから。どうやら依には依の信念みたいなものがあるようで、金儲けが目的っていうわけじゃないみたいだし。……もちろん、どんな信念であれ理解できるとは思えないけど」

曖昧な言い方をしていたけれど、わずかに感じ取れる憤りから、爽良にはなんとなく、御堂がその信念を知っているのではないかと思った。

けれど、今の爽良には、これ以上の衝撃的な事実を受け止められる自信がなく、深追いすることはできなかった。

結局、爽良は、今気にするべきは回収されてしまった明里の方だと自分に言い訳をしながら、無理やり気持ちを切り替える。

「それで……、回収された明里さんの念を解放してもらえる可能性って、あるんでしょうか……」

自分で口にしながら、答えのわかりきった質問だと思った。

わざわざ長野の山奥まで出向く程に執着を持って回収したものを、そう簡単に手放すとは思えない。

ただ、わずかな期待が捨てられず、爽良は固唾(かたず)を呑(の)んで御堂の答えを待つ。

しかし、御堂は首を縦にも横にも振らなかった。

「どうなんだろうね。依は勘当されてからも俺の前には平気な顔でフラッと現れるんだけど、そういう話題には触れないから。……昔はいろいろ口出ししてたけど、あいつはとにかく躱すのが上手いし、調子のいい返事をされて実質は無視も同然。結局、人の話なんて聞かないし、時間の無駄だから俺もなにも言わなくなった。だから、そんなことを頼んでみようと思ったこともない」

「そう、ですか……」

爽良は、御堂が語る依の話に妙に納得していた。依とはたった一度会っただけだけれど、どこか嚙み合わない雰囲気を持っていたと。

恐ろしいことを淡々と、しかも話題にそぐわない妙な明るさで語るところだけは、ある意味御堂とも共通していたように思う。

ただ、二人を比較するならば依の方が圧倒的に浮薄であり、まるですべてが台詞のようで、本音を探らせるような隙はまったくなかった。

おそらく、まともに頼んでもとても無理だろうと、爽良は俯き溜め息をつく。――しかし。

「ただ、……交渉できないとも言いきれないかも」

それは、考えもしない言葉だった。

諦めかけていた爽良は、驚き顔を上げる。

「交渉……って」

「向こうに得のある条件なら案外吞むんじゃないかなって。……依にとって明里さんは、いわばコレクションのひとつでしかなく、希少だとしても唯一無二のものじゃない。たとえば、もっと希少な魂と交換とかなら――」

「反吐が出る話だね」

突如割って入ったのは、礼央。

御堂は大きく瞳を揺らした。

「希少とか、コレクションとか、交換とか。そういう人種の人たちって、すごい言葉使うんだなって」

礼央はおそらく、御堂と依を暗に一括りにしている。

表情はいつも通りだけれど、声には不快感が滲んでいた。

「つまり、もっと希少な霊を捕まえて交渉すれば、明里さんを返してもらえるかもっていう提案でしょ」

「礼央、御堂さんは可能性の話をしてるだけで……」

「そこに可能性を感じてるなら、人として終わりだよ。俺は他人のことなんてどうでもいいけど、物みたいに扱う奴は嫌いだ」

礼央はそう言うと、パソコンを抱えて立ち上がる。

「礼央、待っ……」

「爽良がそんな話に乗るわけないことはわかってるけど、この人と喋ってたらいずれ麻痺しかねないから、ほどほどにした方がいいよ。……てか、気晴らしにロンディの散歩に行かない？　先に庭に行ってるね」

目もくれずにウッドデッキを後にした礼央の後ろ姿を見ながら、御堂は少し放心していた。

「御堂さん、すみません……。私が変なこと聞いたせいで……」

「え？……あ、いや」

声をかけると、御堂は慌てて首を横に振る。

御堂がそう簡単にショックを受けるようなタイプでないとわかっていながらも、礼央の言い方はあまりに容赦がなく、さすがに心配になった。

しかし、御堂は困り果てた爽良を見ながら笑い声を零す。

「そんなに申し訳なさそうな顔しなくていいよ。さっきのは、完全に俺の言葉選びが間違ってたんだから」

「御堂さん……」

「……むしろ、ああやって言ってもらってハッとしたわ。確かに、希少とか交換とか平気で言ってるようじゃ、依とたいして変わんないよね」

「そんなこと……！」

「……麻痺しちゃ駄目だわ」

ついでのような最後のひと言が、心に重く響いた。

爽良はなんだか胸のざわめきを覚える。

しかし、御堂はすっかりいつも通りの様子で、ニヤニヤと笑みを浮かべた。

「それにしても……、いいよなあ、あの、誰を敵に回そうと厭わないっていう雰囲気」

「礼央のことですか……？　最近はやけに過保護で……」

「それを隠そうともしないところなんて潔いし、むしろかっこいいよ。爽良ちゃんも、そう気に病まずに心配してもらえば？　俺もなかなか疑り深い質だけど、どんな手を使っても爽良ちゃんを守りたいっていうあの上原くんの執念……じゃなくて気持ちには、疑いをかけるのも野暮に思えるくらいの清らかさを感じるわ」

「……すぐそうやって……」

またいつものようにからかわれているのだと察した爽良は、やれやれと溜め息をつく。

しかし、御堂が口にした、「どんな手を使っても爽良ちゃんを守りたいっていうあの上原くんの執念」という言葉が、頭の中でやけに余韻を残した。

ふと、日比谷の部屋に駆け付けてくれたときの礼央の様子が脳裏に蘇ってきて、反射的に頬が熱を上げる。

あのときは恐怖と混乱でそれどころではなかったけれど、余裕なく抱きしめられたときのことを改めて思い出すと、今さらながら、恥ずかしさが込み上げてきた。

そんな爽良の反応に、御堂がさらに笑みを深めた。

「なになに、いつもと反応が違うじゃん」

爽良は慌てて顔を背け、手のひらで顔を扇ぐ。

「……暑いだけですから。……私、ロンディの散歩に行ってきます」

冷静な態度を繕おうとしたものの、上手くいっていないことは明らかだった。

爽良は背中に御堂の笑い声を聞きながら、逃げるようにウッドデッキを後にする。

一人になっても頬の熱は冷めず、爽良はひとまず部屋に駆け込むと、冷蔵庫を開け放った。

しかし、冷気を浴びてわずかに落ち着いた瞬間、携帯が礼央からの「まだ？」というメッセージを受信し、ビクッと肩を揺らす。

「なんでこんな……」

いつもなら簡単に切り替えることができるはずの動揺を、今日は明らかに持て余していた。

御堂がおかしなことを言ったせいだと心の中で言い訳しながら、爽良は冷えたペットボトルを手に取り、頬に当てる。

ただ、――唐突に生まれたその熱は、小さくはなっても完全に消え去ることはなく、いつまでも、爽良の心の中に留まり続けた。

＊

思えば、その日は起きた瞬間から少し違和感を覚えていた。

はっきりと自覚したのは、ロンディの餌を持って東側の庭に入ったときのこと。足を踏み入れた瞬間、爽良はふと、なにかが違うと感じた。

景色はなにも変わらないのに、まるで知らない場所に迷い込んでしまったかのように落ち着かない。

「ロンディ……？」

いつもは駆け寄ってくるはずのロンディも姿を見せず、爽良はひとまず餌を置き、名前を呼びながら庭の奥へ向かった。

空気はじっとりしていて、少し歩くだけで額に汗が滲む。

さすがのロンディもこの暑さに参っているのだろうと、日陰の多い建物の裏手に回ろうとした、そのとき。

「――夏ってほんと嫌い」

突如、背後から響いた女性の声。

突然のことに驚きながらも、爽良はその声に心当たりがあった。

おそるおそる振り返ると、ポプラの木陰のベンチにちょこんと座る女性と目が合った。

一気に込み上げる嫌な予感。

「……依さん」

そこにいたのは、御堂の妹、依。

心の中でその名を思い浮かべたつもりが、どうやら、無意識に声に出してしまっていたらしい。

まるで自分の庭であるかのようにリラックスしてベンチに座っていた依は、爽良に名を呼ばれ、人形のように可愛らしい笑みを浮かべた。

「おはよう」

「……あの」

「まだ朝なのにこんなに暑いなんて、信じられないよね。誰かが、地球はだんだん人が住める環境じゃなくなってるって言ってて、冗談でしょって思ってたんだけど、あながち間違ってないのかも」

「どうして……」

「木陰に来れば？　日焼けするよ？」

会話はあまり嚙み合わない。

戸惑う爽良を他所に、手招きする依は満面の笑みを浮かべていた。

依を見たのは数週間ぶりだけれど、印象は前とほとんど変わらない。

顔が驚く程整っていて、気を抜くと吸い込まれてしまいそうな大きな目が印象的だった。

思わず見惚れてしまいそうになった瞬間、足元にロンディの気配がして、爽良はハッと我に返る。

見れば、ロンディは不安げに耳を垂らし、爽良にぴたりと寄り添っていた。

そのお陰で、爽良はわずかに落ち着きを取り戻す。

「あの、勝手に敷地に入られると困ります……」

言うべきことも聞きたいことも本当は山程あるのに、妙な威圧感に押され、爽良が口にできたのは弱々しいひと言。

依はこてんと首をかしげる。

「その子、あなたに懐いてるんだ？　私には全然懐かないの。やっぱ、動物が嫌いなことがバレちゃうのかなあ」

「……聞いてますか？」

「〝爽良ちゃん〟だっけ。名前」

「……どうして名前」

「見てたもの」

会話のチャンネルがぴたりと合った瞬間、依の纏う空気がかすかに変わった。

「見てた」がなにを意味するかは聞くまでもない。御堂が言っていたように、式神というものを通じて情報を得ていたということだろう。

思えば爽良は、自分に仕込まれていた式神を目の前で引っ張り出されるという奇妙な経験をしてもなお、どこか現実のこととして受け入れられずにいた。

けれど、あまりにもサラリと認めた依の短い言葉には、異様な説得力があった。

依は一向に近付いてくる様子のない爽良に肩をすくめ、ベンチからゆっくりと立ち上がる。

反射的に一歩後退ると、ロンディがするりと爽良の前に立ちはだかった。

「ロンディ……」

性格が穏やかなロンディが人に対して警戒を滲ませるところを、爽良は一度も見たことがない。ただ、依にまっすぐに視線を向けていながらも尻尾は下がっていた。おそらく、自分も怖いのに爽良を守ろうと無理をしてくれているのだろう。

その姿を見た瞬間、ふいに肝が据わるような感覚を覚えた。

「……明里さんの魂を回収したのは、依さんなんですよね……？」

「うん」

あまりに躊躇のない肯定に、爽良は息を呑む。

「他にも、たくさんの魂を集めていると聞きました。そんなこと、やめてもらえませんか」

「なんで？」

「…………」

たった二往復の会話で、この人との会話はどうやっても成立しないのだと、爽良は察していた。

依のキョトンとした表情には、少しも演技じみたものがない。

それは、無邪気に虫を殺す年端も行かない子供を彷彿とさせた。

おそらく、良くないことをしているという自覚がまったくないのだろう。

ふいに、あいつにはなにを言っても無駄だと話していた御堂の言葉が頭を過り、爽良はその意味をはっきりと実感した。

依は兄である御堂の説得が叶わないどころか、親からも勘当されている。どう考えても、爽良に説き伏せられるような相手ではない。

すると、依はなにも言えなくなってしまった爽良に、意味深な視線を向けた。

「ねえ、ところでさ」

「……なんですか」

「バイトしない？」

「はい……？」

「お願い！」

思いもしない言葉が飛んできて、爽良は硬直する。

一方、依は大きな目をキラキラと輝かせた。

「前にも思ったけど、爽良ちゃんって滅多に見ない特殊体質みたいで、普段はそう簡単に姿を見せないような警戒心の強い霊も、自分から寄ってきてるみたいなの。ここに住んでたおじいちゃんもそうだったから、血筋なのかなあ」

「あの……」

「普通は、捕まえようと思ってもなかなか簡単にいかないからいろんな罠を仕掛けるんだけど、爽良ちゃんがいてくれたらそういう手間も省けるし」

「…………」

徐々に意味を理解すると同時に、心の中に苛立ちが広がる。

しかし、依は爽良の様子など気に留める様子もなく、顔の前で両手を合わせた。

「バイト代ならはずむから」

「……やりません」

「なんで？　あ、管理人だからここを空けられないとか？　だったら、呼んだときだけ来てくれれば大丈夫。成果報酬っていう方法も――」

「やりません！」

大きな声が出たことに、爽良自身が一番驚いていた。

依はポカンとし、ロンディが心配そうに爽良を見上げる。

「ごめん、いい話だと思ったんだけど、嫌だった……？　呼んだときだけだなんて、都合よすぎ……？」

ことごとく、会話にならなかった。

本気で申し訳なさそうな顔をして的外れな謝罪をする姿も、もはや恐怖でしかない。

「もう帰ってもらえませんか」

突き放すように言うと、依は狼狽えた様子で爽良に近寄ってくる。

「なにが嫌だった……？　爽良ちゃんが望むようにするから、話だけでも……」

「……待って、こっちに来ないでください」

爽良は慌てて後ろに下がった。

前にほんの一瞬のうちに式神を仕込まれていたこともあり、近寄られてしまえばまた同じことをされかねないと思ったからだ。

しかし、爽良は動揺からかうまく身動きが取れず、依との距離がみるみる縮まる。

――そのとき。

「――依」

御堂の声が響き、背後から腕を引かれた。

途端に、依がいかにもつまらなそうな表情を浮かべる。

「なんだ。吏、いたんだ」

「勝手に入るなって何度も言ってるだろ」

御堂は爽良を背中に庇いながら、ここではあまり見せたことのない冷たい視線を依に向けた。

しかし、依に悪びれる様子はない。

「いいバイトの話をしてただけなんだけど。ってか、鳳のおじいちゃんが死んでも、こんな同等の代わりが控えてたなんて聞いてないよ。吏ってほんと持ってるよね。鳳銘館も独り占めできて羨ましすぎる」

「いいから帰れ。あと、この子に関わるな」

依は、まるで便利な道具の話をしているかのように、爽良や庄之助のことを語った。

それは、愛する人をコレクションのように扱っていた日比谷よりも、ずっと無機質に聞こえた。

御堂はそんな依の言葉にいちいち反応せず、視線で出口へと促す。おそらく、まともに取り合う気はないのだろう。

依は諦めたのか、大袈裟に溜め息をつき、渋々といった様子で頷く。

「わかったわかった。今日は帰るね。爽良ちゃん、今度遊ぼうね」

満面の笑みを向けられたものの、爽良はなにも答えることができなかった。

ようやく解放されたことにほっとしながら、去っていく背中をただ見つめる。――しかし、そのとき。

「あ、そうだ」

突如、依が思い出したように振り返り、ポケットからなにかを取り出して御堂に掲げてみせた。

「これ、貰っていくね」

手に持っていたのは藁人形。

まさか、また前のように御堂の部屋から勝手に盗んだのではと、爽良は不安を覚えて御堂を見上げる。

しかし、御堂はかすかに眉を顰めただけで、なにも言わなかった。

依はにっこりと笑い、爽良たちに手を振ると、ようやく庭を抜け門から出て行く。

姿が見えなくなった瞬間、爽良はぐったりと脱力した。

「……来てくれて、ありがとうございました」

「いや、迷惑かけてごめんね」

口調は元通りだけれど、表情はどこか引き攣っている。おそらく、帰り際に見せられた藁人形のことを考えているのだろう。

「あの……、さっきの藁人形、大丈夫なんですか？」

気になって尋ねると、御堂は腕を組み考え込んだ。

普通なら、直接依に問い詰めるべきところだが、御堂がそうしなかった理由は聞くまでもない。

まともな返事なんて期待できないことは、二度しか会っていない爽良でも想像に容易いし、依をよく知る御堂はなおさらだろう。

「いや……、俺の部屋にあったのは、全部空っぽのやつだから」

「なんだ……、そうなんですね」

その言葉を聞き、爽良はひとまず安心した。――しかし。

「ただ、わざわざあんなに意味深に報告してきたことが、少し気になってる。依は無意味な挑発をするような奴じゃないし」

「でも……」

「考えすぎかもしれないけどね。気になるから、一応部屋を見てくるよ」

「……わかりました」

御堂はそう言うと、庭を後にする。

残された爽良は、不安げに見上げるロンディを撫でながら溜め息をついた。

「ロンディ、さっきは庇ってくれてありがとう。怖い思いをさせてごめんね。でも、すごく頼もしかったよ」

ロンディは、いまだに尻尾を下げたままクゥンと寂しげに鳴く。元気のないロンディは珍しく、とても見ていられなかった。

どうやら、本当に依のことが苦手らしい。

「もう中には入れないように気を付けるから、元気出して……？　そうだ、ごはんもまだだったよね。待ってて、すぐ持ってくるから」

爽良はロンディを撫で、庭に置きっぱなしにしていた餌を取りに行って、ロンディの前に差し出した。

けれど、ロンディは軽く匂いを嗅いだだけで、食べる様子はない。

「ロンディ……？」

いくら苦手な相手に会ったといっても、こんなに恐怖が余韻を残すものだろうかと、爽良はふと不安を覚えた。

「もしかして、なにか嫌なことされた……？」

爽良は、ロンディのなにか言いたげな目をまっすぐに見つめる。――そのとき。唐突に嫌な予感が頭を過った。

「ねえ、スワローはどこ……？」

ロンディが寂しがっている理由として思いついたのは、兄弟であるスワローが関係している可能性。

まさか、依があの藁人形の中に閉じ込めて連れて行ってしまったのではないかと、みるみる心に焦りが広がっていく。——しかし。

ふいに背後から気配を感じて振り返ると、ポプラの木の下で爽良たちをじっと見つめるスワローの姿があった。

杞憂だったことを知り、爽良の緊張が一気に緩む。

「よかった……」

ただ、改めて考えてみれば、スワローがそう易々と捕獲されてしまうとは思えなかった。

そもそもスワローはずっと前から鳳銘館にいるし、簡単に捕まってしまうようならとうにここにはいないだろう。

おまけに、動物嫌いだと口にしていた依が、わざわざ動物の霊を欲しがるとも思えない。

「ロンディ、スワローあそこにいるよ？」

しかし、相変わらずロンディの様子はおかしく、爽良は首をかしげる。

すると、そのとき。

突如スワローが吠え、ついさっき依が座っていたベンチに前脚をかけた。

『ワン！』

「……どうしたの？」

その意味深な行動に、胸がざわめく。

ベンチに近寄ってみたけれど、とくにいつもと変わりはない。――けれど。

ふいに、このベンチでよく見かける、大切な存在が頭を過った。

「……紗枝ちゃん……？」

その名を口にした瞬間、ロンディがクゥンと鳴き声を零す。

紗枝はあまり長時間姿を現すことができないが、爽良は日比谷の件以来紗枝と会っておらず、今なら呼べば出てきてくれるはずだ。

なのに、いつまで待っても気配は感じられない。

爽良は急激に目眩を覚え、よろけながらベンチに腰掛ける。

考えてみれば、紗枝は庄之助に可愛がられ、やたらと祓いたがる御堂からも庇われていたという。

その理由はおそらく、紗枝が自然に浮かばれることを願ったため。だとすれば、庄之助は依のことも警戒していただろう。

しかし、そんな庄之助はもういない。

そんな中、爽良に仕込まれた式神のせいで依に情報が筒抜けになり、紗枝がよく現れる場所もタイミングもすべて知られてしまった。

もしかすると、紗枝は今日、毎朝ロンディに餌を持ってくる爽良をベンチで待っていたのかもしれない。

そう思うと、胸が酷く痛んだ。

「まさか、あんな無害な子まで……？」

紗枝が間もなく浮かばれることを、爽良は肌で感じていた。

なのにこんなことになってしまって、爽良の心の中が、後悔と激しい憤りで埋め尽くされていく。

なにがあっても絶対に取り返さなければならないと、爽良は強く思う。

依に敵う力をなにひとつ持たないことはわかっていても、これだけは、諦めるわけにはいかなかった。

番外編

遅れて届く光

〝今週末の夏祭り、今年は行かないの？〟

母からそんな連絡が届いたのは、盆を過ぎた頃。

母の言う夏祭りとは、地元の商店街組合が年に一度開催する、地域の一大イベントのことだ。

昔は商店街の中だけで行われる小さな祭りだったが、年々来場者が増えたことでスケールを増し、近年では駅前一帯から近隣の公園まで範囲を広げているらしい。

公園には櫓（やぐら）が立てられ盆踊りが開催される他、昨年にいたってはゲストを呼んだステージイベントまで行われたという。

幼い頃、爽良はその夏祭りをとても楽しみにしていた。

具体的なことはほとんど覚えていないのに、漠然と、楽しかったという気持ちだけが記憶に残っている。

霊が視えることを隠し、いつも恐怖に耐えねばならなかった爽良の過去の記憶はほとんどが暗く、中でも霊と人との見分けがつかなくなる人ごみは可能な限り避けていた爽良にとって、それはとても珍しいことだ。

ただ、思えば夏祭りにはもう何年も行っておらず、母が唐突に話題にしたことが少し不思議だった。

爽良はふと思い出し、チェストの引き出しから星のチャーム付きのブレスレットを取り出す。

それは、夏祭りのくじ引きで当てた景品。

少し前、屋根裏の秘密基地にキラキラしたものを集めて星空を作っていた、悠真に譲ろうとしていたものだ。

ビーズで作られたおもちゃだけれど、照明に翳（かざ）すと、星のチャームにあしらわれたホログラムがキラキラと鮮やかに光る。

その光を見ていると、ふと、郷愁の念に駆られた。

かつて、これを手にした瞬間の、嬉（うれ）しいような温かいような気持ちが、じわじわと蘇（よみがえ）ってくる。

次第に、過去の自分は夏祭りでいったいどんな時間を過ごしたのだろうかと、無性に気になりはじめた。

おぼろげながらも覚えているのは、ずらりと屋台が並ぶ賑（にぎ）やかな光景。それと、礼央が一緒だったことを、悠真の件でかすかに思い出した。

しかし、それ以上の記憶はどうやっても手繰り寄せることができなかった。

気になり出したら止まらなくなり、爽良は携帯を取り出し、衝動任せに礼央へのメッセージを打ち込む。

というのも、前にこの話題になったときも、礼央の記憶の方がずっと鮮明で、話せばもう少し思い出せるのではないかと思ったからだ。

鳳銘館に来て以来、爽良は、思い出したくないと暗く塗りつぶした過去を、少しでも取り戻したいと望むようになった。

礼央に送ったのは、「子供の頃に行った夏祭りのこと、どれくらい覚えてる？」というひと言。

仕事が落ち着いたタイミングで返事をくれるだろうと、爽良は携帯をテーブルに置いてぼんやりとブレスレットを眺める。

すると、思いの外、携帯がすぐに礼央からの返信を知らせた。

開くと、表示されたのは「なにかあった？」という短い返信。

最近はいろんなことがあったし、もしかすると唐突な質問のせいで余計な心配をかけてしまったかもしれないと思い、慌てて返信しようとした、そのとき。

コンコンと控えめなノックが響いた。

まさかと思い、駆け寄って戸を開くと、そこにいたのは礼央。

「相手、確認してから開けて」

「ご、ごめん……」

いきなり苦言を呈されたものの、とくに心配して駆けつけたという雰囲気ではなく、爽良はほっと息をついた。

「どうしたの、突然夏祭りの話なんて。……って、そのブレスレット」

「あ……、うん。これを見てたら思い出すかなって」

「急に思い出したくなったの？」

「う、うん。お母さんから突然、今週末の夏祭りには行かないのかっていう連絡があって。それで、なんだか急に……」

「なるほど」

「過去のことを忘れようとし過ぎてたせいか、子供の頃の記憶が本当に曖昧なの。でも、最近になって、そう悪いことばかりじゃなかったのかもしれないって思うようになって。だから、まずは絶対に安全な記憶から取り戻したいなって……」

「覚えてないのに、なんで夏祭りの記憶が絶対に安全ってわかるの」

「そうなんだけど……、楽しかったことだけは覚えてるから」

「……そう」

礼央はようやく納得したのか、小さく頷く。

ひとまず部屋の中に招き入れると、座った途端に礼央の携帯がメッセージの受信を知らせた。

「もしかして仕事？　礼央、今忙しいんじゃ……」

「いや、違う。これは先輩から」

「先輩？　大学時代の？」

「そう。前にも話した、いきなり不動産会社に就職したエンジニアの」

それを聞いて思い出すのは、フリーエンジニアの中では最高峰と名高かった礼央の先輩が、いち企業の、しかも不動産会社に就職したという話。

最高峰と言わしめる技術があるのなら、フリーとして十分過ぎる程の稼ぎがあったはずだし、数々の企業から引く手数多（あまた）だったはずだ。

なのに、突如不動産会社のエンジニアとして会社勤めをするなんて不思議な決断をしたものだと、印象に残っていた。

「今も連絡取ってるんだ？」

「いや、つい最近、珍しく連絡があって。そのときに引っ越したことを話したんだけど、その先輩、鳳銘館のことを知ってたんだ。すっかり忘れてたんだけど、彼、無類の心霊マニアで」

「心霊マニア……？　それってつまり、鳳銘館には霊が出るっていう噂を知ってたってこと……？」

「マニア界隈（かいわい）じゃ有名みたいだよ、ここ。それ以来、遊びに行きたいってたびたび言われてる。今届いたのも、その話」

「そ、そうなんだ……。私みたいに記憶から消したがってた人間もいるのに、かたや、楽しんでる人もいるなんて……」

爽良には到底理解できない話だった。

礼央もまた同じなのか、やれやれといった様子で携帯を仕舞う。

「ま、先輩は先輩でまともじゃないと思うけど。ただ、爽良も、せめて過去のことを気楽に思い出せるくらいになれたらいいね」

「うん……そう思う」

「で、……夏祭りの話だっけ。てか、思うんだけど、おばさんが急に夏祭りの話をしてきた理由って、たまには顔を見せてほしいって意味なんじゃないの」

「え……？」

「まだ一度も帰ってないでしょ」

言われてみれば、爽良は鳳銘館に引っ越して以来、一度も実家に顔を出していなかった。

あまりにもいろいろなことが起こり、そんな場合ではなかったというのが正直なところだが、そんなことを知る由もない母は、一人娘が実家を出て以来一度も帰ってこないことに、さぞかし寂しさを覚えていただろう。

直接的に言わないところが母らしいけれど、その思いは察するべきだったと、礼央に指摘された途端に申し訳なさが込み上げてきた。

「お盆くらいは帰るべきだったよね……」

「タイミングなんてどうだっていいでしょ。近いんだから、顔を見せに行ってきなよ」

確かにその通りだと思いつつ、そうなると、少し気がかりもあった。それは、鳳銘館を継ぎたいと伝えて以来、少し気まずくなってしまった父との関係。

母の力添えもあって最終的には許可してくれたものの、引っ越し当日まで、心から納得しているといった雰囲気ではなかった。

数ヶ月ぶりに会うといったいどんな会話になるのか、予想もつかないし、つい身構えてしまう。

ただ、爽良自身、父を避けたいわけでも、距離が開いていくことを良しとしているわけでもなかった。

頑固な父相手となると難しいかもしれないが、いずれは、気負わず相談できるような関係性になりたいという気持ちもある。

「いい機会なのかも……」

「うん？」

つい心の声を漏らした爽良に、礼央が首をかしげた。

「近々家に帰ろうかなって」

「うん」

「あの……、礼央は帰らないの……？」

「俺は別にいい。どうせ親は家にいないし、帰っても意味ないから」

つい弱気になって礼央を巻き込もうとしたものの、あっさり断られて爽良は肩を落とす。――しかし。

「ただ、夏祭りに行きたくなった」

礼央が突如口にした思いもしない言葉に、爽良は驚き顔を上げた。

「夏祭りって、さっき話した商店街の……？」

「そう。行く？」

「……どうしたの？」

「懐かしくなって。それに、行ったらいろいろ思い出すかもよ」

普段、場所にも人にもほとんど頓着しない礼央が、どこかに行きたがるなんてことは、滅多にない。

珍しいことに戸惑いつつも、行けば思い出すかもしれないという言葉は一理あり、爽良は頷く。

「いいの……？」

「いいのって、誘ってるの俺だし。ただ、昔よりも来場者がずっと多いと思うけど、平気？」

「うん。行きたい」

迷いなく頷くと、礼央はかすかに目を細めた。

「夏祭りは週末なんだっけ。じゃあ、その日は実家に帰りなよ。夕方駅で待ち合わせして、祭りの後、そのまま鳳銘館に帰ればいいし」

「うん……！」

まさか大人になってから礼央と夏祭りに行くなんて思いもしなかったけれど、決まった瞬間に、気持ちが高揚してしまっている自分がいた。

霊に対する理解が前より深まった今でも、人ごみに一人で行くなんてことはとても無理だけれど、礼央が一緒なら心強い。

それに、数少ない楽しい記憶をなぞれることは、素直に嬉しかった。

気付けば、父との再会の不安も薄れている。

純粋に楽しみな予定なんて久しぶりで、爽良はまるで子供のようにそわそわしながら当日を待った。

週末、予定通り実家に帰ると、普段から控えめな母が予想以上に喜び、爽良を迎えてくれた。

昼食は家で食べるよう念を押されていたこともあり、ある程度は予想していたけれど、食卓に並んでいたのは爽良の好きなものばかり。

会うのはほんの数ヶ月ぶりで、おまけに電車で簡単に行き来できる距離だというのに、まるで遠方から数年ぶりに帰省してきたかのような厚遇だった。

よほど寂しく思ってくれていたのだと、爽良は食事中に飛んでくる母からの質問攻めを甘んじて受ける。

ただ、そこに、父の姿はなかった。

「あの……、お父さんは……？」

食後におそるおそる聞いてみると、母は少し気まずそうに首を横に振る。

「急な仕事だって」

「そう……」

税理士の父が、休日に仕事で出かけることなんてほぼなく、避けられているのだろうかと爽良は肩を落とした。

しかし、母は困ったように笑う。

「不器用な人だから、戸惑ってるだけよ。どんな顔して会えばいいかわからないんじゃない？」

「そう、かな……」

「大丈夫。だってこれ見て」

母が思い出したように見せてきたのは、携帯のメッセージ画面。

そこに表示されていたのは、「確定申告のことで誰かに相談するときは、信頼できる税理士を選ぶように伝えろ」という父からの伝言があった。

「信頼できる税理士……」

「遠回しに、相談に乗ってあげるって意味だと思うけど」

「……遠回しすぎない？」

いくらなんでもポジティブに捉えすぎではと、爽良は思わず眉を顰める。

ただ、その一方で、母が言うのならそうかもしれないと、なんだかほっとしている自分がいた。

「確定申告は経費削減のためにも自分でやろうと思ってたけど、きっとわからないことも多いと思うし……、お父さんに、困ったら一番信頼できる税理士に相談するねって伝えてもらってもいい……？」

そう言うと、母は可笑しそうに笑う。

そんな表情はあまり見たことがなく、なんだか照れ臭くて、爽良は思わず目を逸らしてしまった。

「――よかったね。少し離れてみることで気付くことがあるってよく言うけど、本当にそうなのかも」

夕方、約束通り礼央と待ち合わせをし、商店街に向かって歩きながら、爽良は今日のことを話した。

なんとなく、いつもよりも饒舌になっていることを自覚していたけれど、礼央はとめどない爽良の話を静かに聞いてくれた。

「うん。それに、本当に税金の相談相手がほしかったたし」

「おじさん、すごい厳しそう」

「……それは、そうかも」

途端に、淡々と間違いを指摘する父の顔が浮かぶ。

ただ、爽良にとって、父が一番信頼できる税理士であることは確かだった。

今のうちに勉強しておかねば怒られてしまいそうだと、爽良は歩きながらも、来年の申告について真剣に思いを巡らせる。

しかし、そのとき。

ふいにかすかな祭囃子が耳に届き、その瞬間、考えていたことがすべて吹き飛んでしまった。

「なんか、祭りっぽくなってきた」

そう言われて辺りを見れば、道沿いには提灯が下がり、どこからともなくソースの焦げた香りが漂ってくる。

浴衣の人もずいぶん増えていて、なんだかノスタルジックな気持ちになった。

「まだ着いてもないのに、こんなに賑やかなんだね」

「うん。ただ、あの後祭りのこと調べてみたけど、想像以上に規模が大きくなってて、もはや俺らが行ってた頃の小さな祭りは見る影もなさそう」

確かに当時は、商店街に着く前からこれ程賑わっていたようなイメージはない。

ただ、この高揚した空気感のせいか、そのときの爽良の心には、ワクワクしながら歩いた過去の気持ちが少しずつ蘇りはじめていた。

「なら、商店街の中も変わっちゃってるのかな」

「行ってみよう。懐かしいのは商店街だけだし、メイン会場は公園みたいだから、きっと人ごみもマシだし」

「うん」

爽良たちは懐かしい光景を求め、公園に向かう人の流れから逸れてまっすぐに商店街を目指す。

すると、間もなくアーケードの入口が見えた。

「案外、ここは変わってないかも」

礼央が言った通り、通りから漂う雰囲気は、なんとなく爽良の記憶を揺さぶる。

通り沿いの飲食店がそれぞれの店の前に屋台を出し、見慣れた店員たちが法被を着て客寄せする姿なんかは、おそらく昔のままなのだろう。

爽良は通りに差し掛かると、落ち着きなく左右を眺める。

すると、礼央がかすかに笑った。

「爽良の反応が、昔と同じなんだけど」

「……小学生の頃と？」

「そう」

あっさりと肯定され、爽良は恥ずかしくなって俯く。

すると、礼央が通りの奥を指差した。

「もう少し先の休憩所のあたりに、爽良の好きな屋台が並んでたはず」

「私の好きな……って、くじ引き？」

「今年もあるかどうかはわかんないけど」

途端に、星のチャームが付いたブレスレットのことを思い出す。

するど、幼い頃のはやる気持ちが蘇ってくるかのように、歩調が自然と速くなった。

そして、休憩所のあたりに差し掛かると、周囲の雰囲気が途端にレトロに変わり、ヨーヨー釣りや射的など、昔ながらの屋台が目に付きはじめる。

おそらく、子供が楽しめるような屋台を集めたエリアなのだろう、親子連れが多く見られた。

「ここ、全然変わってないんだけど覚えてる？」

「ぼんやり覚えてるような……」

「……あ。爽良、あっち」

ふいに礼央が指差したのは、紅白の布が張られたひときわ派手で明るい屋台。

大きく掲げられた看板に並ぶ「くじ」という二文字を見た瞬間、突如、心がぎゅっと震える。そして。

『——爽良。あのブレスレット、爽良の好きな星が付いてるよ』

少し幼さの残る礼央の声が、脳裏に鮮やかに蘇った。

「星……」

「星？」

あまりにもはっきりと響いたせいで、爽良は放心する。

同時に、消えそうなくらいに小さかった記憶の断片が、頭の中で急激に存在感を増した。

「あの星のブレスレット、礼央が見付けてくれたんだっけ……」

唐突な呟きに驚きもせず、礼央は頷く。

「一等の景品だったら言わなかったと思うけど、かなり下の方の賞だったから、簡単に当たりそうだなって思って」

「そんなこと考えてたの……？」

「言っておいて当たらなかったら可哀想だし」

ふと、礼央は本当に昔から変わらないのだと実感する。

昔は今よりさらに口数が少なく、感情もほとんど表に出さなかったけれど、あのときの礼央が爽良を喜ばせてくれようとしていたのだと知り、素直に嬉しかった。

爽良は記憶をたぐり寄せるように、くじの屋台を呆然と見つめる。

すると、礼央が小さく笑った。

「くじ、ひきたい？」

「ち、違うよ、やりたくて見てたんじゃなくて……。ただ、あのときのことを、なんとなく思い出せそうな気がして」

「くじ引きしたときのこと？」

「多分……、すごく、幸せだったんだろうなって」

「気に入ってたしね、ブレスレット」

そのことじゃないと思いながらも、本当のことは恥ずかしくて言えず、爽良は曖昧に頷く。

すると、礼央は次に、通りの端にある金魚すくいの屋台を指差した。

「金魚すくいは覚えてる？」

「覚えてはないんだけど……、毎年やってたって言ってたよね。礼央の家の水槽を金魚だらけにしたっていう……」

「そうそれ。そういえば、昔から金魚すくいの屋台は端の方にあった気がする。人が少ないから選んでたのかも」

「……私、どうして覚えてないんだろ」

「やれば思い出すよ。……やる？」

唐突な提案に戸惑いながらも、気持ちは勝手に昂っていた。

顔に出てしまっていたのか、礼央は爽良を金魚すくいの屋台へと促す。

「今はいくらでも連れて帰れるね」

「そう……、だね」

礼央の言葉に背中を押されるように、爽良は周囲をビニールのカーテンで囲われた屋台の中へ足を踏み入れた。

先客は誰もおらず、退屈そうにしていた店主がたちまち目を輝かせ、早速爽良に枡とポイを差し出す。

「一回三百円ね。取れなくても一匹あげるから、思い切ってやりな」

爽良はそれらを受け取り、たくさんの金魚が泳ぐ浅い水槽の前に座った。

水槽の中では、気配に気付いた金魚たちが素早い動きで端へと逃げていく。まるで、透明なキャンバスに模様を描いているかのような、とても美しい光景だった。

しばらく眺めていたい衝動に駆られたけれど、店主の視線を感じ、爽良は慌てて金魚を見定める。

「焦ったら破れるよ」

横に座った礼央が助言をくれ、爽良は一度深呼吸をし、ポイを水に浸けた。

かなり久しぶりのはずだけれど、不思議なもので、水の感触に触れた瞬間に感覚が蘇ってくる。

小さな金魚に目星をつけてゆっくりと隅に追いやり、そっとすくい上げると、金魚は暴れることなく、あっさりと枡の中に収まった。

「覚えてるもんだね」

礼央が小さく笑う。

「まさか取れるとは思わなかった……」

「その感じだと、もっといけそう」

爽良はなんだか嬉しくなって、ふたたび水槽に視線を落とし、すくえそうな金魚を探す。

熱中しているうちに、気付けば屋台の前には他の客が集まりはじめていた。

おそらく、人の気配が人を呼ぶのだろう。慌てて端に避けると、ふいに、水槽の隅っこでゆうゆうと泳ぐ出目金が目に入った。

ふっくらとした黒い体にまん丸の目、ひらひらと揺れる尾ひれが美しく、爽良は誘われるように出目金の背後にポイを沈める。

「もしかして、出目金いくの？」

「……無理かな」

「取れる気がする」

爽良は頷き、出目金の動きを見つめる。

大きいけれど動きは遅く、こっそりとポイを近付け水ごとすくい上げると、思いの外、出目金はあっさりと枡に入った。

「本当に取れた……」

まさかのことに放心する爽良に、礼央が頷く。

「爽良は昔から上手かったし」

どうやら、毎年やっていたというのは本当らしいと爽良は思った。

「そうなんだ……、変な感じ」

枡の中を見ると、二匹の金魚が寄り添って泳いでいる。

その姿を見ているうちに、少しだけ、昔の気持ちが蘇ってくるような、懐かしさが込み上げてきた。——そのとき。

「——上手ね」

ふいに背後から声をかけられて振り返ると、立っていたのは知らない女性。

話しかけられたことに驚きながらも、爽良は、そのあまりの美しさに思わず見入ってしまっていた。

華奢な体に、藍地に水仙の柄が入った上品な浴衣を纏い、襟足から落ちる後れ毛が妙に艶っぽい。

「……ありがとう、ございます」

戸惑いながらお礼を言うと、女性は口の端をわずかに持ち上げて笑った。

その瞬間、唐突に、心臓がドクンと不安な鼓動を鳴らす。

まるで、視てはいけないものが視えてしまったときのような緊張が込み上げ、全身に震えが走った。

けれど、なぜだかその女性から目を離すことができず、爽良はただ硬直する。

そして、——その瞬間。

制御できない勢いで、過去の記憶が頭に流れ込んできた。

──それは、小学五年生の夏。

約束もしていないのに、夕方、突然礼央が爽良を迎えにきた。

その日は、商店街の夏祭りの日。

聞けば、体調を崩した母が、爽良を夏祭りに連れて行ってあげられないことを申し訳なく思ってか、礼央に頼んでいたらしい。

正直に言えば、人ごみをなるべく避けていた爽良にとって、毎年恒例の夏祭りは憂鬱な行事だった。

とはいえ、あまり外に出たがらない爽良を喜ばせてあげようという母の気持ちを無下にしたくなくて、心苦しくも、楽しみにしているように装っていた。

だからこそ、母の体調を心配しながらも、心の片隅に、今年は行かなくていいのだとほっとした気持ちがあったことは否めない。

そんな中でのまさかの展開に、爽良はただ戸惑っていた。

「爽良、行こう」

玄関先から手招きされ、母は爽良の背中を押しながら礼央の下へ向かう。

「礼央くん、ありがとう。礼央くんが一緒だと安心だわ。もし困ったことがあったら商店街の人に声をかけてね。皆顔見知りだし、今日二人が行くことをもう知らせてあるから」

礼央はいつもと変わらない表情で、こくりと頷く。

「そんなに遅くならないから、おばさんは寝てて」

「ええ、ありがとう」

「行ってきます」

母の、礼央に対する信頼は厚い。

友達のいない爽良の唯一の話し相手として、感謝しているのだろう。

もちろん爽良にとっても、礼央は頼れる兄のような存在だった。

霊を視るたび挙動不審になる爽良を問い詰めたりせず、なにごともなかったようにやり過ごしてくれる唯一の相手でもある。

そんな対応に、爽良は何度も助けられた。——けれど。

そんな礼央は、今年の春から中学生になった。

まだ幼かった爽良も、さすがにこれまで通りとはいかないだろうとなんとなく察していたし、礼央と話したいと思っても、遠慮するようになっていた。

だからこそ、夏祭りへの付き添いを頼んだと知って、戸惑わないはずがなかった。

礼央に付いて歩きながら、勉強が大変なのではないかとか、本当は友達と遊びたいんじゃないかとか、心に巡るのは心配ばかり。

一方、礼央は以前となんら変わらない態度で爽良の手を引いて歩きながら、ふと夜空を指差した。

「今日も明るいから無理だ」

「うん……？」

「星」

見上げると、確かに星はほとんど見えない。

礼央とは部屋が隣同士で、夜になるとこっそりベランダに出て話をするのが二人の秘密だった。

そんなときは、自然と星の話題になる。

最近はそんな機会もめっきり減ってしまったけれど、爽良は、礼央から星の話を聞くのがとても好きだった。

「本当だ。見えないね」

「爽良、あのギリギリ見える一等星、なにかわかる？」

「織姫星？」

「正解。こと座のベガだよ。じゃあ、約一万年後に、ベガが北極星になるってことは知ってる？」

「そうなの？　どうして？」

「地球の自転軸は少しずつ動いてるから、一番北の星も数千年単位で変わっちゃうんだ。だから、いずれはベガが北極星」

「知らなかった……。礼央、詳しいね」

いつもは口数の少ない礼央だけれど、好きなものの話をするときは、きまって饒舌になる。

そんなときの、いつになく夢中な礼央が、爽良はとても好きだった。――けれど。

「でも、地球に星の光が届くまでには途方もない時間がかかるから、今光ってる星が今も全部存在するとは限らないんだ。もし、ベガもすでに消えてたとしたら、一万年も先の大役の話をされて、馬鹿馬鹿しいって思うかも」

その日の礼央はなぜだか少し寂しそうに見えた。気になって見上げると、礼央は小さく肩をすくめる。

「今やってることが届くのがずっと先だなんて、むなしいでしょ」

その言葉もやはり礼央らしくなくて、爽良は思わず、握られた手にぎゅっと力を込めた。

「でも、ちゃんと届くんだよね……？」

「そりゃ、遮るものがなければ」

「自分が消えちゃった後でも誰かに届くなんて、すごいんじゃない、かな……」

それは、ただ勢いのままに口にしただけの、とくに深い意味のない言葉だった。

ただ、もしかすると、幼いながらに漠然と持っていた思いを、無意識に重ねてしまっていたのかもしれない。

誰にも言えず、苦しくてたまらない爽良の秘密もまた、必死に守り続けていればいつか報われ、誰かにすべてを受け止めてもらえる日がくるのではないかと。

すると、ふいに礼央の瞳が揺れた。

「ずっと昔の光が届いたって知って、嬉しいと思う？」

「私は、嬉しいと思う……」

「……ならまあ、いいか」

すべてはただの仮説なのに、真剣に頷く礼央になんだかほっとして、爽良は思わず笑う。

すると、礼央は珍しいくらいに穏やかな表情を浮かべ、爽良の頭をくしゃっと優しく撫でた。

それは心地よく、そして少し懐かしく、あっさりと離れていく手を、爽良は名残惜しい気持ちで見つめる。

けれど、正面に商店街の入口が見えた瞬間、爽良は途端に我に返った。

普段から賑わっている商店街だけれど、今日はとても比較にならない。少し離れたところからでも、通りのずっと先まで人がごった返している様子が見て取れる。

「爽良、俺から離れないでね」

礼央はそう言うと、緊張で強ばっている爽良の手を引き、商店街の中へ足を踏み入れた。

一気に人々の喧騒に囲まれ、心臓がドクドクと鼓動を速める。

こうなると、人と霊との見分けはまったくつかない。

下手に見回せば霊と目が合ってしまいそうで、爽良は挙動不審に視線を泳がせる。

すると。

「ちゃんと手を引いてるから、落ち着くまで目を閉じてて」

ふいに、礼央がそう言った。

まるで、霊が視えてしまうことへの不安がバレているようなその言葉に、爽良は戸惑う。けれど。

「爽良は小さいから、視線が低いと前が見えなくて怖いでしょ」

付け加えられた言葉に、ほっと息をついた。

爽良は頷き、礼央の言葉に甘えて目を閉じる。

なにも見えなくとも力強く引かれる手には安心感があり、爽良は礼央の後ろにぴったりとくっつき、導かれるまま足を進めた。

やがて、しばらく歩いた後、ふと礼央が足を止める。

おそるおそる目を開けると、爽良たちがいたのは、比較的人ごみが落ち着いた、開けた場所。

屋台は少なく、代わりにベンチやテーブルが並んでいる。

礼央は姿勢を低くし、爽良と目線を合わせた。

「休憩所だから、ここなら人もあまり多くないよ」

「本当だ……」

「爽良、あれ見て」

そう言われて視線を向けると、目の前にあったのはくじ引きの屋台。礼央は5等賞の札が置かれた箱を指差す。

そこには、色とりどりのビーズが連なるおもちゃのブレスレットが積まれていて、照明の灯りを鮮やかに反射していた。

「爽良。あのブレスレット、爽良の好きな星が付いてるよ」

そう言われてディスプレイされているブレスレットを見ると、確かに、ホログラムでキラキラと光る星形のチャームが下がっている。

ちょうど星の話をしたばかりだったこともあり、思わず見惚(みと)れてしまった。

「ほんとだ……、キラキラしてる……」

「やってみる？」

「でも、当たらないかも……」

「いや、当たる気がする」

礼央がそう言うと、不思議と当たるような気がした。

頷(うなず)くと、礼央が店主に一回やりますと告げ、爽良の前にくじの入った箱が差し出される。

「特賞は人気のゲーム機だよ。頑張って」

店主はそう言うが、そのときの爽良の頭には、星のブレスレットのことしかなかった。

そして、箱の中からじっくりと選び出したくじをめくると、そこに書かれていたのは、

「5等」の文字。

店主は大袈裟(おおげさ)に残念そうなジェスチャーをするが、爽良の心は高揚していた。

「5等……！」

「すごいね爽良。くじ運よすぎ」

「う、うん……！」

店主は、まるで大当たりしたかのような反応に不思議そうにしながらも、爽良にブレスレットの積まれた箱を差し出す。

爽良は中からひとつ選び、手首に通すと礼央に掲げて見せた。

「見て……！」

「うん。かわいい」

礼央が微笑むと、さっきまでビクビクしていた気持ちが嘘のように晴れる。

楽しい、と。

人ごみの中では絶対に経験し得ないと思い込んでいた高揚感が、心の中の恐怖をあっという間に塗り替えていく。

「この辺りの屋台なら、どれも人が少ないよ。爽良はなにやりたい？」

「えっと……」

そう言われ、爽良はキョロキョロと辺りを見回す。

すると、目についたのは金魚すくいの屋台。

金魚すくいの屋台はひときわ大きく、周囲をビニールのカーテンで囲われていて、暖かい色の灯(あか)りがぼんやりと漏れている。

中の様子が見えないからか、なおさら興味を惹(ひ)かれた。

「金魚、見たい」

「すくいたいんじゃなくて、見たいの？」

「やったことないし、それに、うちは多分飼えないから」

「ならうちで飼えば？」

「そんなの、いいの……？」

「いいよ」

まさかの言葉に、爽良の気持ちが昂(たかぶ)る。

爽良ははやる気持ちが抑えられず、今度は逆に礼央の手を引くようにして、金魚すくいの屋台へ向かった。

すっかりはしゃいでしまっていることを、爽良は自覚していた。

けれど、恐怖を忘れるくらいに楽しいことなんてこれまでに経験がなく、それがただただ嬉しかった。

それに、今のところ、恐ろしいものはなにも視えていない。礼央が人が多い側を歩いてくれるせいか、そもそも誰かと目が合うことすらなかった。

ビニールカーテンの隙間から中を覗くと、店主が笑顔で爽良たちを招き入れる。

中には数人の先客がいて、二人が水槽の端の方に座ると、店主が枡とポイを渡してくれた。

「お嬢ちゃん、まずはポイを沈めて、後ろからゆっくり金魚を隅に追い込むんだよ。それから、ポイを水面と平行にして金魚を水ごとすくうように持ち上げると上手くいくから。頑張って」

爽良は店主の説明に頷き、水槽の中の金魚をじっと見つめる。

最初に目に入ったのは、黒い出目金。忙しなく動き回る小さな金魚たちを他所に、目の前をゆっくりと横切っていく。

「もしかして、出目金いくの？」

「……無理かな」

「取れる気がする」

初めてだからか、大きい金魚は難しいという先入観がなく、爽良はたいして迷いもせずに出目金の後ろにポイを沈めた。

そして、ゆっくりと隅に追い込み、店主が言った通りに水ごと持ち上げると、思いの他、出目金はすんなりとすくいあげられ、爽良の枡の中に収まった。

「と、取れた……」

「上手いじゃん」

礼央の声が、なんだか楽しげだった。

付き添いさせてしまったことを申し訳なく思っていたけれど、楽しそうにしている姿を見ると、嬉しさが込み上げてくる。

「じゃあ、次は、あの小さい子にするね」

「いいね」

それからたて続けに二匹すくったものの、ポイはまだ無傷だった。すくった瞬間に見せる礼央の表情があまりに優しくて、目的が少し変わってしまっていることに、自分でも気付いていた。

そして、さらにもう一匹の金魚をすくいあげたとき、――ふと、背後に気配を感じ、爽良は手を止める。

「――上手ね」

声をかけられて振り返ると、後ろに立っていたのは、藍地に水仙の柄の浴衣を着た知らない女性。

とても美しく、優しい笑みを浮かべていたけれど、目が合った瞬間、なぜだか首筋がゾクッと冷えた。

なにかがおかしいと、勘が騒いでいる。

たちまち頭に広がってくるのは、この女性は本当に人だろうかという疑問。

見た目は普通の人となんら変わりなく、なぜそう思うのかは、自分自身でもよくわからない。

けれど、爽良には、この得体の知れない恐怖を気のせいとして無視することができなかった。

恐怖のせいか、すっかり硬直した爽良は女性から目を逸らすことができず、ただじっとその顔を見つめる。

すると、そのとき。ふいに女性の眼球が不自然にグルンと動き、ふたたび爽良を捉えた。

「……っ」

声にならない悲鳴が漏れる。

それは、気のせいとも思えるくらいのほんの一瞬のことだったけれど、爽良の恐怖心を煽るには十分だった。

やはりこの人は違う、と。そう判断した瞬間に恐怖と焦りが込み上げ、手が小刻みに震えはじめる。

しかし、体はすっかり硬直し、身動きが取れなかった。――そのとき。

「――ありがとうございます。でも、この子初めてなんです」

突如、礼央が女性にそう答えた。

一瞬、爽良にはなにが起きたのかわからなかった。

女性は、すっかり混乱した爽良に優しい笑みを向ける。

「そう。頑張ってね」

そして、カーテンの隙間からするりと立ち去っていった。

礼央は、いまだ呆然とする爽良の肩にそっと触れる。そして。

「爽良、次はどれをすくうの？」

なにごともなかったかのようにそう言い、水槽に視線を戻した。

その瞬間、礼央にも見えたのならばさっきの女性は間違いなく人だと、緊張がふっと緩む。

おそらく、女性から覚えた違和感はただの勘違いで、人が多い場所にいるせいで疑いすぎていたのだろうと。

そのときの爽良にとって、それ以外の結論はなかった。

爽良は、まだ少し動揺の残る手で、目の前を泳ぐ金魚を指差す。

「じゃ、じゃあ……、この子にする……」

しかし、小さな震えが伝わってしまったのか、すくいあげた金魚は酷く暴れ、ポイに大きな穴を開けて水へと戻って行った。

小さな水飛沫が、爽良の頬を濡らす。

ただの輪っかになってしまったポイを見て、礼央が小さく笑った。

「残念」

その表情を見ていると、徐々に気持ちが落ち着いていく。

「……う、うん」

「もう一回やる？」

「ううん、……たくさんとれたから」

「なら、また来年ね」

サラリと言われた来年という言葉が、妙に心に残った。

「……来年？」

なかば無意識に問いかけると、礼央はさも当たり前のように頷く。

「うん来年」

「礼央が連れてきてくれるの？」

「嫌？」

その問いの答えは、考えるまでもなかった。

「ううん。一緒に来たい」

「じゃあ約束ね」

「うん……！」

大きく頷くと、礼央は爽良の手を引き立ち上がらせる。

そして、店主がビニールの巾着に入れてくれた金魚を受け取り、金魚すくいの屋台を後にした。

帰り際、祭りの喧騒（けんそう）を背中に聞きながらふとこぼした言葉には、もちろん深い意味はなかった。

「礼央がずっと傍にいたらいいのに」

久しぶりに礼央と長く一緒に過ごしたことで、礼央が中学生になって以来少しずつ開いていた距離感がより寂しく思え、衝動的に込み上げた純粋な願いだった。

すると、礼央はなんでもないことのように頷く。

「いいよ」

あまりにあっさりと返され、爽良は思わず笑った。

「いいよって……」

「それも約束」

「約束したら、守らなきゃいけないんだよ……？」

「知ってる」

礼央はそう言うけれど、そのときの爽良はもちろん真に受けていない。

望んでも叶（かな）わないことがあまりに多すぎて、すでに、期待しないという処世術が自然と身に付いてしまっていた。

ただ、――本当だったらいいのに、と。

そう願わずにはいられず、爽良は繋（つな）がれた手をぎゅっと握る。

当たり前のように握り返されることが、とても貴重なことのように思えた。

——

「——爽良？」

名を呼ばれて我に返った爽良は、ビクッと肩を震わせる。長い夢を見ていたような心地で、頭の中では、過去の記憶と今の状況がいまだに混同していた。

視線を向けると、礼央が首をかしげる。

辺りを見回してみても、さっき声をかけてきたはずの、浴衣姿の女性はもういない。

ただ、礼央と行った夏祭りの記憶が細部まで蘇ってきたキッカケとなったのは、さっきの女性の「上手ね」という言葉。

十年以上前のことだというのに、女性の姿にはまったく変化がなく、あれはやはり人ではなかったのだと、爽良は今さら確信していた。

「……あのとき、礼央にも視えてたんだ」

「うん？」

「浴衣の女の人。……どうして返事をしたの？　礼央は、視えることをずっと私に隠してたのに」

爽良の問いかけに、礼央はかすかに瞳を揺らす。

「もしかして、思い出した？」

「……うん」

「じゃあ、ひとつ取り戻したね」

「ねえ、礼央」

答えを催促するように名を呼ぶと、礼央は、たった今見てきた過去の姿と変わらない、優しい笑みを浮かべた。

「だって、あの女の人、ほとんど人と変わらなかったから。爽良が怖がったら可哀想だし、強引に人として扱うことにした。俺にも見えていれば、爽良は霊じゃないって思うでしょ」

「……確かに、そう思ったけど」

「幸い、やばそうな霊じゃなかったし、すぐにいなくなったからよかったよね」

礼央はあまりにも普通にそう語るけれど、その対応が吉と出るかどうかは、かなり危うい賭けだ。

あの後、もし浴衣の女性の霊が爽良たちに付き纏うようなことになっていれば、礼央がひた隠しにしていたことはすべて爽良にバレてしまい、礼央の計画は狂っていただろう。

なのに、そんな危ない橋を渡ってまで礼央が霊に声をかけた理由が、爽良にはひとつだけ思い当たる。

それは、爽良にこれ以上人ごみに対する恐怖心を植え付けないためではないかと。

礼央があの日、楽しそうにしていた爽良の心を、どれだけ必死に守ろうとしてくれていたか、今はよくわかる。

途端に、胸が締め付けられた。

視えることをどうして言ってくれなかったのかと、一度でも責めてしまった自分が悔やまれて仕方がなかった。

言ってくれなくても、礼央はあの頃からずっと、誰よりも爽良の理解者だったのにと。

「礼央……、ごめんね……。礼央だってまだ中学生だったのに、私のせいでいろんなことを考えさせてしまって……」

たまらず謝ると、礼央は首を横に振る。そして。

「爽良。——約束、覚えてる?」

ふいの意味深な問いかけに、心がぎゅっと震えた。

約束と言われて頭に浮かぶのは、「礼央がずっと傍にいたらいいのに」という幼い爽良の願いに対し、礼央がいいよと言ってくれた、あのときの会話。

同時に、爽良と一緒に鳳銘館へ引っ越しをすると言い出した礼央がサラッと口にしていた、「約束したし」という言葉が頭に蘇ってくる。

当時、爽良にはなんのことだかまったくわかっていなかったけれど、今になって、ようやく約束の意味を理解していた。

そして、雑談のように交わした小さな約束をずっと覚えていてくれたことに、純粋に感動していた。――けれど。

「約束、って……？」

忘れたフリをしたのは、照れ隠しではない。

そのときの爽良は、嬉しさと同時に不安を覚えていた。

覚えているなんて言ってしまえば、今後の礼央の人生を、自分のせいでがんじがらめにしてしまうのではないかと。

礼央が傍にいてくれてとても心強いけれど、どうしても、爽良の人生に巻き込んでしまっているという罪悪感が今も拭えていない。

すると、礼央は動揺を隠す爽良の目をじっと見て、かすかに目を細めた。

「いや、なんでもない」

深い色の瞳に捉えられると、本当はすべてバレてしまっているのではないかと不安になる。

けれど、礼央はなにごともなかったかのように、出目金が泳ぐ爽良の器に視線を移した。

「赤い出目金も取ろうよ」

「あ、赤……？」

「うん。赤と黒が一緒に泳いでたら、可愛いんじゃないかって」

「そう、かも」

爽良はいまだ動揺を残しつつ、水槽から赤い出目金を探し、狙いを定める。

しかし、すっかり集中力を欠いてしまっていたせいか、すくいあげようとした途端に出目金が跳ね、ポイに大きな穴を開けて逃げてしまった。

「あ……！」

「残念。もう一回やる？」

「……ううん」

大袈裟に溜め息をつくと、礼央が笑う。――そして。

「なら、また来年ね」

礼央は、初めて夏祭りに連れてきてくれたときとまったく同じ台詞を口にした。

それは、あの日交わしたひとつ目の約束。

爽良は、呆然と礼央を見つめる。

「どしたの」

「……なんでも、ない」

「じゃ、行こうか」

頷きながら、爽良の心を巡っていたのは、礼央がくれたふたつの約束。

その約束は両方とも、絶望してしまいそうな当時の爽良に、未来の希望を持たせくれた。

その後、爽良は恐ろしいからとすべての過去に蓋をしてしまったというのに、それらの約束は、こうして思い出を取り戻した途端にふたたび爽良の心を温かく照らしている。

まるで、遅れて届く星の光のようだ、と。

まだ幼さが残る中学生の礼央の、今と変わらない優しい笑みを思い出しながら、そう思った。

本書は書き下ろしです。この作品はフィクションであり、登場する人物・地名・団体等は実在のものとは一切関係ありません。

たいしょうゆうれいアパートほうめいかんのしんまいかんりにん
大正幽霊アパート鳳銘館の新米管理人 2

たけむらゆき
竹村優希

令和3年 11月25日　初版発行

発行者●青柳昌行

発行●株式会社KADOKAWA
〒102-8177　東京都千代田区富士見2-13-3
電話　0570-002-301（ナビダイヤル）

角川文庫 22917

印刷所●株式会社暁印刷
製本所●本間製本株式会社

表紙画●和田三造

ISBN 978-4-04-111973-0　C0193

◇◇◇

角川文庫発刊に際して

角川源義

第二次世界大戦の敗北は、軍事力の敗北であった以上に、私たちの若い文化力の敗退であった。私たちの文化が戦争に対して如何に無力であり、単なるあだ花に過ぎなかったかを、私たちは身を以て体験し痛感した。西洋近代文化の摂取にとって、明治以後八十年の歳月は決して短かすぎたとは言えない。にもかかわらず、近代文化の伝統を確立し、自由な批判と柔軟な良識に富む文化層として自らを形成することに私たちは失敗して来た。そしてこれは、各層への文化の普及滲透を任務とする出版人の責任でもあった。

一九四五年以来、私たちは再び振出しに戻り、第一歩から踏み出すことを余儀なくされた。これは大きな不幸ではあるが、反面、これまでの混沌・未熟・歪曲の中にあった我が国の文化に秩序と確たる基礎を齎らすためには絶好の機会でもある。角川書店は、このような祖国の文化的危機にあたり、微力をも顧みず再建の礎石たるべき抱負と決意とをもって出発したが、ここに創立以来の念願を果すべく角川文庫を発刊する。これまで刊行されたあらゆる全集叢書文庫類の長所と短所とを検討し、古今東西の不朽の典籍を、良心的編集のもとに、廉価に、そして書架にふさわしい美本として、多くのひとびとに提供しようとする。しかし私たちは徒らに百科全書的な知識のジレッタントを作ることを目的とせず、あくまで祖国の文化に秩序と再建への道を示し、この文庫を角川書店の栄ある事業として、今後永久に継続発展せしめ、学芸と教養との殿堂として大成せんことを期したい。多くの読書子の愛情ある忠言と支持とによって、この希望と抱負とを完遂せしめられんことを願う。

一九四九年五月三日

丸の内で就職したら、幽霊物件担当でした。

竹村優希

本命に内定、ツイテル？　いや、憑いてます！

東京、丸の内。本命の一流不動産会社の最終面接で、大学生の澪は啞然としていた。理由は、怜悧な美貌の部長・長崎次郎からの簡単すぎる質問。「面接官は何人いる？」正解は3人。けれど澪の目には4人目が視えていた。長崎に、霊が視えるその素質を買われ、澪は事故物件を扱う「第六物件管理部」で働くことになり……。イケメンドSな上司と共に、憑いてる物件なんとかします。元気が取り柄の新入社員の、オカルトお仕事物語！

角川文庫のキャラクター文芸

ISBN 978-4-04-106233-3

丸の内で就職したら、幽霊物件担当でした。2

竹村優希

当部署では事故物件、なんとかします！

新垣澪は、東京・丸の内の一流不動産会社「吉原不動産」の新入社員。憧れの丸の内OL生活、のはずが、なんと幽霊憑き物件専門部署で働くことに！　怜悧な美貌の持ち主だがドSな上司、長崎次郎と２人きりで、美形で優秀だけれど使えない先輩・高木正文の助けも借り、怖くて切ない事故物件の謎に挑む澪。鏡を壊す女霊、夜中に踏切の音が聞こえる部屋。そして高木に恐るべき災厄が……。怖いのに元気になれる、オカルトお仕事物語！

ISBN 978-4-04-106753-6